メディアワークス文庫

神様の絆創膏《ばんそうこう》

村瀬 健

人間は、優しい。

冷たい人もいるが、それはきっと、「今」がうまくいっていないだけ。人間は、きっと優しい。

今日も、誰かが優しくしてくれた。

みゃあ。

うれしくて、思わず鳴いてしまう。

お礼に、神社に連れていってあげよう。優しい人しかいない、神社という場所に。

あなたが探している答えは、きっと人間が教えてくれる。

神様ではなく、
そう、人間が。

目　次

第一話　隕石が衝突する日には

明日もし、隕石が衝突して地球が滅びるとしても、普通に八時間寝るだろう。

頭のついた海老《えび》フライをかじりながら、ふとそんなことが脳裏をよぎる。

睡眠は、いい。

すべてを、無視できるから。

地球最後の日でさえ、私は暖かい布団でぐっすりと眠る。

私は、ひとりで過ごす時間が好きだ。

長らく恋愛から遠ざかったことによる後遺症か、異性にかぎらず、誰かと一緒にいると疲れてしまう。何をするにつけても、ひとりで行動したい。

食事をするのも。

ショッピングをするのも。

映画館で、レイトショーを観《み》るのも。

今日は私の、三十三回目の誕生日。そんな日でさえ、ひとりで馴染《なじ》みのカフェにやって来た。

土曜日だというのに、誰からもお祝いのメールはこない。でも、そういう生き方を選んでいるから仕方がない。

残り少なくなったランチプレートを、寂しさを感じながら平らげる。一口分だけ残しておいたマグカップのスープを、最後に一気に呑《の》み切って、「あー」と満腹感に浸る。

トイレに行こうとテーブル席を立ったが、スノーブーツの中の親指が痛い。せっかく高いのを買ったからもったいない、と思ってたまに履いているが、この靴を履いている時はいつも気が滅入《めい》る。

トイレの壁に貼られた鏡を見ながら、ここ数年で一気に老けたな、と感じる。小柄なわりに大きい顔に、以前よりも明らかに張りがない。

艶のある黒髪に自信があったが、片側に横流しした束の中に一本、見つけてしまった。

白い毛を――。

げんなりしていたら、扉の向こうがなにやら騒がしくなった。トイレの外に出ると、至るところで、「ハッピバースデイ！」という言葉が飛び交っている。

一瞬、私へのサプライズかと思った。でも、違った。私よりもはるかに若い女性が、デコレーションケーキを前に満面の笑みを浮かべている。彼氏に見守られ、ロウソクを吹き消すタイミングを見計らっている。

「皆様もよろしければ、ご一緒にお願いします！　ハーピバースデイ、トゥーユー！」

照明が落ちた店内で、若い従業員が手拍子をしながら誘ってきた。見知らぬ人を巻き込んでよくこんなことをするな、と思う。

食後に、ハーブティーを呑もうと思っていた。でも、なんだか居心地が悪い。外は冷たい風が吹き荒れているが、今日はもう帰ろう。ぬれおかきでも頰張りながら、暖かい布団でごろごろしよう。

かけ布団にだけは、裏切られたことがない。

タッチタイピングで動かす指が、スピードを増していく。キーボードのみでEXCELを操り、色分けされたセルに次々と数字を打ち込んでいく。

「上平《かみひら》さん。少し、よろしいでしょうか」

キーボードを叩《たた》く手を止めず、すっと顔を向ける。新入社員の彼に、小刻みな打鍵音を響かせながら「例のビルの件ですか？」と問い返す。

「はい。宅内工事、やはり遅れているみたいです」

「そう。……わかりました。インフラ部には、私がかけ合っておきます」

「よろしいんですか？」

「大丈夫です。私に一任してください。あなたは自分の仕事に戻って」

私はパソコン画面に視線を戻し、タイピングの速度をさらに増す。

「上平。昼休みのあとでいいから、この前の移動通信の見積もり、お願いしていいか？」

「もうやりました、課長。デスクの上に置いときました」

「相変わらず、仕事が早いな。それと、構築工事の管理表も、急ぎで更新してもらえたら助かるんだけど」

「今、やってます。もう終わります」

私は、タイピングの手を止めた。数字と固有名詞に間違いがないか精査し、一丁上がり、とばかりにエンターキーを力強く押す。

千代田《ちよだ》区にある、株式会社アイビック。一部上場の情報通信企業で、私は新卒で入社して以来、営業二課の事務として勤務している。システムエンジニアと営業マンを補佐しながら、新規顧客とのパイプ役になるのが主な仕事だ。

「上平さーん！」

突然、だだっ広いフロアに、明るい声が響き渡った。昼休みになったのを腕時計で確認し、彼女に自席から顔を向ける。

「あさって、二課の女子だけで忘年会やることになったんですけど、上平さんもどうですかぁ？」

甘ったるい声を出す彼女は、袖を伸ばして、かわいらしく手を制服の中に引っ込めている。ちょこっとだけ出した指で、左右に分けた三つ編みをくるくる弄びながら、彼女は続ける。

「日曜日だから、みなさん彼氏に確認取ってもらってるんですが、上平さんは大丈夫でしょうかぁ？」

フリーなので大丈夫ですが、何か。即座に返しそうになった言葉を呑み込み、彼女から目をそむける。

この子は、私に彼氏がいないのを知っていて、わざと訊《き》いている。いわゆる、マウント、というやつだ。

彼女の名前は、鈴木《すずき》梨奈《りな》。入社三年目。

彼女が入社した際、私がチューターとして四ヶ月ほど預かった。学生気分が抜け切れないのを見て、マナーを中心に色々と言い聞かせた。最初こそ慕ってくれていたものの、融通のきかない私に嫌気がさしたのか、チューターがはずれてから私の陰口を言うようになったのだ。

「ごめんなさい、梨奈さん。あさって、用事あるから。それと、制服からきちんと手を出しなさい。マナーがなってません」

呆《あき》れたように言って、顔にかかった前髪を手で払う。上平さん、相変わらず、髪がお綺《き》麗《れい》ですね、とか聞こえたけど、不愉快が勝《まさ》ってお礼を言う気にはなれない。

「休憩、いただきます」

私は席を立ち、財布片手にフロアの外に出た。閉まりかけのエレベーターにささっと滑り込むと、見たくない顔がそこにある。慌てて外に出ようとしたが、扉が閉まってしまう。

「……久し、ぶり」

照れくさそうに、彼は硬い笑顔を見せる。銀縁メガネのブリッジをくいっと上げ、他に誰もいないのをいいことに、私に一歩近づく。

「ランチ？」

「……」

「僕も、一緒にいいかな？」

「遠慮してもらえるかしら」

私は目も合わさず、見せつけるかのようにため息をこぼす。

音羽《おとわ》圭一《けいいち》、三十三歳。

五年前に別れた、私の元カレだ。

圭一は、顧客向けのシステム開発を担うエンジニアで、現在はデジタル企画部に所属している。同期入社だった彼と私は、エンジニアリング部と営業部で、一緒になって仕事をした。三年ほど交際したが、彼が札幌《さっぽろ》転勤になったのを機に別れた。

圭一は今夏、東京《とうきょう》本社に戻ってきた。デジタル企画部は営業部の隣のフロアにあるため、何度か私に接触してこようとする気配はあったが、煙《けむ》に巻いていたのだ。

「二課で、忘年会はやるのかい？」

圭一の質問に、不承不承に目を向ける。久しぶりに間近で見る顔は、以前よりも少しおでこが広くなっている。理知的な顔立ちは変わっていないが、札幌転勤が大変だったのか、顔全体に苦労の色が濃く染みついている。

「あなたには、関係ないと思うけど」

突き放すように顔をそむけると、「もしやらないなら、僕と忘年会しないか？」と提案してきた。

「……忘年会で、ボーリショイ前田《まえだ》のマネでも、してくれるの？」

無神経に誘ってくるので、言ってやった。案の定、顔をしかめて黙り込む圭一。

圭一は、真面目を絵に描いたような人間だ。理系の国立大学出のエリートで、仕事一筋で出世も早かったが、その反面、真面目すぎて馬鹿ができない。私と彼が入社したその年、巷《ちまた》でボーリショイ前田という男性芸人が人気を博していた。バレリーナの格好で、白鳥の湖を踊りながら日常のあるあるネタを言うのが面白く、その年の年末に同期で話し合い、忘年会の一発芸でボーリショイ前田のマネをすることになった。

恥ずかしかったが、私もやった。だが、圭一は参加しなかった。彼を除いた同期のメンバーで披露したものの、圭一は忘年会自体も欠席した。その後、「そもそも、新人に芸をやらせること自体がパワハラだ」と突っぱねて上司とかけ合い、翌年から一発芸自体を中止にさせたのだ。

「ごめんなさい、ご飯行くから」

扉が開くと同時に、私は小走りで出ていった。一度も振り返ることなく、会社近くのカツ丼屋に入る。

おじさんに囲まれてカツ丼をかき込むのも、もう慣れた。まぁ、私もおばさんだけど。

ちゃぽんと湯船に体を沈めると、思わずあぁと声が出た。あごまで浸《つ》かって目を閉じると、全身に溜《た》まった疲れが滲《にじ》み出《で》てくる。私に言わせれば、どんなアミューズメントパークよりも、スーパー銭湯こそが至宝だ。

「上平さんは、クリスマスイブなのに、まだお仕事するんですかぁ？」

さっき梨奈さんに言われた嫌みが頭をかすめたが、温かいお湯が瞬時に消し去ってくれる。私は、やっぱりひとりがいい。

外の露天風呂に移動すれば、スカイツリーが眺められる。お湯と景色を満喫し、風呂上がりにロビーで缶のハイボールを呑むのが習慣になっている。

私は、茨城《いばらき》の田舎から大学進学で東京に出てきた。それ以来、東京でずっとひとり暮らしをしている。隅田川《すみだがわ》沿いのこのスーパー銭湯は、私が暮らすマンションから近い。ひとっ風呂浴びて、お酒を飲んで、そのまま家に戻って暖かい布団に入る。私にとっては、これ以上ない幸せだ。

もしあの時、圭一と結婚していたら、私は今頃どうなっていたんだろう――。

湯船のお湯でじゃばじゃばと顔を洗っていたら、そんな疑問が頭をよぎった。

五年前、札幌への転勤が決まった圭一は、私にプロポーズをした。当時、私も圭一も仕事が忙しかった。すれ違いが多くなり、プロポーズされた私は、何かと仕事を優先する圭一に対し、自分の人生の都合に合わせて結婚を申し込んだと苛立《いらだ》ったのだ。

私は、営業事務の仕事にやりがいを感じていた。断る決め手となったのは、圭一の「仕事は辞めてほしい」という言葉だ。

私は、圭一に利用されている、と思った。お互いの人生を考えて、別れたのだ。

その日は、今日と同じクリスマスイブ。圭一と別れたあと、この銭湯にひとりで来たのを、昨日の出来事のように思い出す。

まぁ、過ぎ去ったことだし、考えても仕方がないか。

私は、無理にでも笑った。気持ちを切り替えようと、洗い場に移動してボディタオルを泡立て、全身を洗い始める。

摑《つか》んだ左胸に、違和感があった。気になってもう一度触れると、その違和感がくっきりと輪郭を帯びてきた。左胸の下部に、小さなしこりがあるのだ。

気にするほどでもないような、ほんのわずかなしこりだ。だが、私の母親は、七年前に乳がんで亡くなっている。その事実もあって、妙な胸騒ぎがする。

胸だけに、胸騒ぎか。

思い浮かんだジョークに一切笑えないほど、頭が真っ白になった。

病棟の長く続く廊下を、車輪のついたベッドが行き交っていた。廊下脇の椅子に座り、手渡された診療計画書なるものに目を通すが、内容が頭に入ってこない。読解力がゼロになったかと思うほど、断片的にしか意味を拾えない。

——大変言いにくいのですが、腫瘍は悪性のようです。

患者に気を遣う様子を見せながらも、ドライに放たれた言葉を思い出して、打ちしおれる。

スーパー銭湯で胸のしこりを見つけた翌日、近所の病院で、触診とマンモグラフィの検査を受けた。結果は思わしくなく、紹介状を書いてもらって、この春日野《かすがの》病院で精密検査を受診した。年明けの今日、伝えられた検査結果は、乳がんだった。

幸いにも、がんは初期で、リンパ節への転移はなかった。しこりは小さく、浸潤しているタイプではないらしい。自覚症状も一切なかったが、がんが広い範囲に及んでいるため、転移や再発を防ぐには、左の乳房をすべて切除しなければならないという。

乳房を切るのを、私は承諾した。焦って安易に返事をしたが、時間がたつにつれて、自分がした選択が正しかったのかどうか、不安になってきた。

私は、女だ。

周囲からは、恋愛もせず、仕事ばっかりして女らしくないと思われているのだろうが、体まで男になりたくない。乳房を切ったら、何者になるんだ私は。この先いったい、どうなるのだ。

「今日は風が強いから、遠くまで飛んでいくー」

頭を抱える私のそばで、小さな女の子が、窓から青い紙飛行機を飛ばしていた。

その少女は、痛々しいほどに痩せ細っている。何か大病を患っているのだろう。

「今日は遠くまで飛んだね、初音《はつね》」

父親とおぼしき男性が、少女に声をかけた。隣で手作りのサンドウィッチを広げているのは、母親だろうか。二人して、少女を安心させるように穏やかな笑みを浮かべている。病身の我が子をいたわろうとする心遣いが見えて、やるせない思いが心にのしかかってくる。

この少女には、髪の毛がない。女にとって、髪は命だ。年端もいかない女の子にとって、髪を失うのはどれほど辛《つら》いことか。我が身と重なり合って、感情の万力が胸を締めつけた。

病院は、こんな時でもお金を取るんだな、と思いながら会計を済まし、正面玄関を出た。外から仰ぎ見る十階建ての白い箱は、まるで大きな墓のようだ。

まだ日が高いというのに、吹きつける風が頬を切るように冷たい。ロータリーを抜けて敷地《しきち》の外に出ると、真っ黒な猫がいた。側道に立ち、値踏みするように私をじっと眺めている。

一歩近づくと、身を翻してから再び視線を向けてくる。接近してきた人力車をよけようと黒猫は国道に出たが、そこに大型トラックが猛スピードでやって来る。

体が、勝手に反応した。心のどこかで、もう死んでもいいと思っていたからかもしれない。走り寄って猫を抱きかかえ、背中から歩道に倒れ込む。

「バカヤロー！」

トラックを止めないまま怒鳴りつけてきた運転手に、少しはこっちの心配もしなさいよ、と心の中で文句を言う。でも、猫が無事でよかった。あれっ、猫は？

抱えていたはずの黒猫が、いつのまにか少し先にいる。

こっちに、来なよ。

まるでそう告げるかのように、私をちらちらと振り返りながら歩道を少しずつ進んでいく。

追いかけると、視線の先に、こんもりとした森があった。そびえ立つ大木を取り囲むように、木立が密生している。

広大な森とは対照的に、隣にはこぢんまりとした神社がある。石畳の参道を渡り始めた黒猫に、私も続く。

参道を半分ほど進んだところで、朱色の鳥居が見えた。塗りがところどころ剝げ、上部中央に「日和《ひより》神社」と記された額が掲げられている。

鳥居の手前に、古ぼけた猫の石像が対に設置されていた。神社で狛犬《こまいぬ》はよく見かけるが、猫の石像は珍しい。

黒猫を目で追いながら、鳥居を抜ける。さほど広くない境内に、人の気配はない。手水舎《ちょうずや》のそばに、キャラバンテントを張って作った、小さな茶屋がある。畳敷きの長椅子に腰を下ろすと、先を行っていた黒猫がささっと長椅子に乗ってきた。頭を撫《な》でようとしたら、手の甲を爪でひっかかれた。

「痛っ」

私は声を上げたが、黒猫は素知らぬ顔をして、拝殿の裏手に走り去っていく。恩を仇《あだ》で返すなんて、ふざけた猫だ。険しい顔で赤みを帯びた手の甲をさすっていたら、「大丈夫ですか?」と、灰色の作務衣《さむえ》を着た男性が境内の奥から現れた。雰囲気からして、この神社の宮司さんだろう。

すらっとしたその宮司さんは、年老いた栗色《くりいろ》の猫を大事そうに抱えている。「少し、向こうに行っていなさい」と栗色の猫に告げて手を離すと、猫はよたよたと隣の森に入っていく。

「手を、お出しください」

隣に座った宮司さんは、作務衣のポケットから、小さなボトルに入った消毒液と絆《ばん》創膏《そうこう》を取り出した。なぜそんなものを持ち歩いているんだろう、と考えている暇もなく、彼は差し出した私の手にシュッと消毒液を噴霧する。慣れた手つきで、傷全体を覆うように正方形の絆創膏を貼り付けてくる。

間近で見る宮司さんは、老成した品のいい顔立ちをしている。目じりに深い皺《しわ》が刻み込まれ、歳《とし》は六十歳そこそこだろうか。坊主頭の大半は真っ白だが、温和な顔つきの中に、どことなくあどけなさが残っている。

「ありがとうございます」

ぺこりと頭を下げると、宮司さんはいいんですとばかりに顔の前で手を振る。黒猫との経緯《いきさつ》を話すと、「あの黒猫は、五年ほど前から住み着いていましてね」と彼は目を細める。

「猫といえば、この日和神社にはその昔、人間に助けられた猫が恩返しをするために、町に洪水が来るのを知らせた、という伝説が残っているんですよ」

「……不思議なお話ですね」

「猫というのは、義理堅い生き物ですから」

「……そういえば、ここに来る途中で、大きな木を見ました。神聖な感じのする木ですね」

「あのご神木の由来は、私も存じません。この日和神社が建つ以前からあるようなんですが、指一本触れてはいけないとだけ、先代の宮司から釘《くぎ》を刺されております」

「そうでしたか。謎めいていますね」

「ですね」

話が一区切りつくと、宮司さんは茶屋の中に入っていった。「もし、よろしければ」と、串に刺さった草団子と甘酒を手渡してくれた。お金を渡そうとする私に、ごちそうさせてください、と人懐っこい笑みを浮かべる。

胸が、ぽっと熱くなった。

ずっとひとりぼっちだったし、誰かに優しくされたのは、いつ以来だろう——。

感傷的になりながら、陶器のカップに唇をそっとあてがう。寒さを吹き飛ばしてくれるような、温かい甘酒だった。がんを告知されて、情緒が不安定になっている。喉の奥に温《ぬく》もりを通しているうちに、目がじんわりと潤んできた。それをきっかけにして、堰《せき》を切ったように涙があふれ出てくる。

「……ごめんなさい。なんで泣いてるんでしょうね、私。……ごめんなさい」

拭いても拭いても、涙が止まらない。そんな私を、宮司さんは自身もわずかに目を湿らせながら、じっと見守ってくれている。

突然、境内の東側の門から、ランドセルを背負った少年がてくてくとやって来た。

「もーらいっ！」

丸顔のその少年は、私が握る草団子の一番上の団子を手で奪った。眉の上でそろえた前髪を揺らし、むしゃむしゃとおいしそうに頬張り始める。

「拓《たく》、コラ！　おやめなさい！」

拓と呼ばれた彼は、宮司さんにあっかんべーをして社務所に入っていく。

「大変、失礼いたしました。すぐに、新しいものをご用意いたしますので」

申し出た宮司さんに断りを入れ、拓ちゃんとの関係を尋ねる。詳しくは教えてくれなかったが、彼は小学四年生らしい。宮司さんの子や孫ではなく、わけあって預かっているという。

「ところで、申し遅れました。私はこの神社で神職を務めております、松野《まつの》康一《こういち》と申します」

唐突に、自己紹介をしてきた。上平明子《あきこ》と申します、と私も返す。

「これ、よろしければ」

いまだ目元を濡《ぬ》らす私に、松野さんはハンカチを手渡してくれた。

松野さんのすべての所作が、自然な振る舞いに感じられた。何か思惑があってのことではなく、純粋に私をいたわってくれているのが伝わってくる。

「実は、今日……」

話を聞いてもらえる気がして、自然と口が開いていた。

「……春日野病院で、乳がんだと、告知されまして」

私は、病状の詳細を、順を追って説明する。

「……失礼ですが、上平様には、ご家族は？」

話が一段落つくと、松野さんが質問してきた。

「茨城の田舎に、父親と三つ下の弟がいます。実は、母も乳がんで亡くなっているんです。家族をまた悲しませたくないので、今回の病気の件を伝えるつもりはありません」

「……親しい、ご友人は？」

「友達は、あまりいません。ひとりの時間を大切にしたくて、彼氏もいません」

「……」

私は、自分が置かれている環境を、かいつまんで説明した。

私が話している時、松野さんは何も口を挟まない。あいづちも一切打たない。時折小さくあごを引くだけで、ただひたすら、優しく理解するような目を向けている。

本当に優しい人は、こういう人を言うのではないか。手にしたハンカチで目元を拭きながら、ふとそんなことを思った。


金曜日の夜は、会社のロッカールームが騒がしい。飲みに行こうだの、ドライブに行こうだのと、至るところから漏れ聞こえてくる。

私はといえば、誘いを断り続けてきたせいで、最近は誰も声をかけてくれない。今日も、いつものスーパー銭湯で過ごそう。私服に着替えてロッカーを出たが、自分が乳がんである現実を噛《か》み締《し》めると、心が急速に沈んでくる。

あと二週間弱で、私の左乳房はなくなる。大きな傷跡を残した胸で、今後はおいそれと銭湯には行けないのだ。

暗闇を背負いながら会社を出ると、後ろから梨奈さんが三つ編みを揺らしながら走ってきた。「お待たせ〜！」と、ビルの前で待つ若い男性の手を握る。日焼けした顔に茶髪が映える、絵に描いたようなイケメンだ。自慢の彼氏を同僚に見せつけるために、あえて会社の前で待ち合わせているのだろう。

気落ちして、何かを食べる気にはなれない。ひとまず、どこかのカフェに入って、今後のことを考えようと駅の方角に向かい始めたら、「お疲れ様」と声をかけられた。圭一だ。

「……どうしたの？」

寒さで小刻みに震えているのを見るに、どうやら待ち伏せしていたっぽい。

「話したいことがあるんだ。ご飯に行かないか？」

「ごめんなさい、食欲がなくて」

「いいから、行こう。ごちそうするからさ」

「…………」

考えあぐねていたが、今日はひとりで過ごしたくない気持ちもある。私は、圭一の誘いを受けることにした。

テーブル備え付けの餃子《ぎょうざ》のタレを、二枚の小皿に順に注ぐ。すると目の前に座った圭一が、何も指示されていないのに手際よくラー油をそれぞれの皿に入れる。交際中に、幾度となく繰り広げられた光景だ。ジョッキのハイボールに口をつけながら、相変わらず、圭一とはなんか息が合うなぁ、と正直思う。

圭一と付き合っている時によく訪れた、最寄り駅近くの中華料理屋にやって来た。壁に、油で黄ばんだメニューが貼られているくたびれた店だが、どの料理も安価でおいしい。私も圭一も、こういう庶民的な店を好む。

「……仕事は、どう？」

メガネのブリッジを上げながら、圭一がコップの水に口をつけた、圭一は、お酒は一滴も呑めない。

「おかげさまで、楽しくやらせてもらってます」

「そう」

「圭一のほうは？」

「大変だけど、充実してる。札幌転勤は、本当にいい経験になった」

じっくりと嚙み締めるような口調で述べ、一呼吸置いてから、「休日は、何してるんだ？」と尋ねてきた。

「休みの日は、適当にぶらぶらしてる。圭一は？」

「僕は、家で仕事してる」

「仕事、持ち帰らなくていいと思うよ」

「無責任なことはしたくない。お客様を、待たせるわけにはいかないから」

地べたに置いた圭一の鞄《かばん》から、分厚いプログラミングの本が見える。仕事と並行して、色々と勉強しているのだろう。

香ばしいニンニクの匂いを放ちながら、テーブルに注文が届いた。私はチャーハンと餃子、圭一は野菜炒《いた》めと餃子、あと、ライスの小を頼んでいる。

「ふふ」

圭一が、箸で摑んだ野菜を落としたのを見て、頰が緩む。

「何が、おかしいんだい？」

「いや、相変わらず、ポロポロと落とすんだなぁ、と思って。真面目な人なのに、意外と不器用だからおかしいのよね、昔から」

「だったら言わせてもらうけど、明子も大概だぞ、食事の仕方は」

「どこがよ？」

「口一杯に頰張りすぎなんだよ。女性の食べ方じゃないぞ、それは」

「直らないんだよね」

「僕も直らないんだよ」

しばらくして、おかしさが込み上げてきた。似た者同士だな、と告げるように、圭一はふふっと唇の端を曲げる。

圭一のシャツの袖口に、ご飯粒が付いているのが目に入った。私は、さらに笑みを大きくする。真面目で頭もいいわりに、圭一には昔から子供みたいなところがあるのだ。

「にしても、相変わらず、綺麗な髪だな、明子は」

「……ありがとう」

急に褒められて、鼻白んだ。照れを誤魔化すように、まだ残っているのにハイボールのおかわりをお願いする。

店の奥に設置された液晶テレビで、観たことのあるトーク番組が放送されていた。番組ゲストは映画監督の久我山英二《くがやまえいじ》で、若い男性アナウンサーからの質問に答えている。

「監督は、ポテトサラダがお好きみたいですね」

「おい、キャラが壊れるから、やめろ。六十過ぎのいかついオッサンがポテサラ好きとか、みっともないだろ」

「失礼しました。では、話を映画に戻しますが、監督は、どういう基準で、俳優をキャスティングするんですか？」

「……うーん、そうだな。色々とあるが、自己主張のあるやつがいいな」

「自己主張？」

「そうだ。最近、役者も含めて、周りがイエスマンばっかかでうんざりしてんだよ。自分のこだわりを押しつけてくるやつは、嫌いじゃないね」

　奥のテーブルに座っている男性が、チャンネルを変えた。すると、「借りてきた映画、その日の夜にテレビで放送されてる～」と、ボーリショイ前田がバレリーナの格好でネタをしている。

　圭一が、おもむろに席を立った。テレビラックに置いてあるリモコンを掴み、不愉快そうにチャンネルを変える。

「別に変えなくていいでしょ、チャンネル」

「嫌いなんだ」

「懐かしいじゃない、ボーリショイ前田。圭一も、忘年会でやればよかったのに。真っ白のバレエ衣装を着てさ」

「できるわけないだろ。そもそも、人がおちゃらけてるのを見ること自体が苦手なんだよ、昔から」

「あなたは、真面目すぎるのよね」

諭すように告げたが、圭一は何も言わず、不機嫌そうに餃子を頬張っている。

「……で、話って、何かな？」

食事が終わったタイミングで、訊いた。

圭一は、気恥ずかしそうな表情を浮かべていたが、やがて意を決したように「僕と、やり直してくれないか」と顔をきりりとさせる。

「えっ」

「札幌に転勤したあとも、誰かと付き合おうとは思わなかった。情けないけど、明子のことがずっと忘れられなかったんだよ」

「…………」

私は押し黙っていたが、「なんで、私に彼氏がいない前提で話してるの？」と顔をしかめる。

「付き合ってる人、いるの？」

「……あなたに、答える必要あるかしら」

「どうせ、ろくな男じゃないんだろ」

「あなたがそれ言うかな。仕事ばっかかしてて、常に自分を優先するあなたが」

「ごめん。あの時は、自分が勝手だったと、反省してる」

「……まぁ、彼氏はいないけど」

「だったら――」

「もう、行こう」

圭一が言い終わるのを待たずして、私は椅子から立ち上がった。待てよ、と止めようとする彼を振り切り、ダッフルコートを羽織って先に外に出る。

食事のお礼もそこそこに、少しひとりになりたくて、圭一とは店の外で別れることにした。でも、これだけは伝えておく必要がある。やり直してくれなんて言われたなら、なおさらだ。

「……私、乳がんなのよ」

伏し目がちに、弱々しい声で告げた。

「えっ」

「命に別状はないけど、もうすぐ浅草《あさくさ》の春日野病院で乳房を切除する。傷物の私なんて、やめといたほうがいいと思う。じゃあ」

呆然《ぼうぜん》とする圭一に背を向け、いつものスーパー銭湯に向かうことにした。

あの温かいお湯に浸かるのは、今日で最後にしよう、と思いながら。

乳がんの手術まで、一週間を切った。

昨晩、見ないほうがいいと思いつつも、乳がんで乳房を切除した女性の写真を、ネットで検索してしまった。胸に魚の骨のような縫い跡が残り、切除した胸一帯が、そこに元から何もなかったかのように更地になっている。乳房を再建する手術もあるらしいが、傷跡が残ることに変わりはない。

「上平」

「……」

「大丈夫か、上平？」

「……あ、申し訳ございません、課長」

仕事中に話しかけられても、反応に遅れてしまう。昨晩見た縫い跡の残る乳房が、脳裏に焼きついている。二分に一度は思い出して、業務に集中できない。

上司には、乳がんになったと伝えてある。しばらく会社を休むことも、了承してくれた。でも、休暇中の引継ぎがあるため、同僚にも病気のことは知らせてある。みんな妙によそよそしくて、居心地が悪い。

しかし、ひとりだけ違っていた。

「上平さーん、お手伝いできること、ありませんかぁ？」

いつものように語尾を伸ばし、梨奈さんがデスクにやって来た。

「大丈夫。ありがとう」

「遠慮しないで、おっしゃってくださーい」

「大丈夫だから」

「遠慮しないでくださーい」

「いい、って言ってるよね？」

機嫌が悪く、声を荒げてしまった。

「……ごめんなさい。でも、本当に大丈夫だから。ありがとう」

「ですよね。上平さん、頑丈ですもんね」

心配してくれているのはうれしいけど、カチンときた。なんでこの子はいつも一言多いんだろう。

上司に無理を言って、早退させてもらうことに。今日はもう、心が持たない。

圭一が心配そうに奥のフロアから近づいてきたが、そそくさとロッカールームに移動する。前回会って以来、頻繁に電話してくるが、一切出ていない。

私服に着替えると、ロッカーの扉に付いている鏡に、目が行った。

鏡に映る自分が、やけにおばさんくさく見える。服装も、異様にダサい。下は安手のジーパンで、上半身はアイテムごとに凝ったオシャレをするのではなく、シャツやセーターを適当に重ね着した上に茶色のダッフルコートを羽織っているだけ。寒さを防げればそれでいい。綺麗を目指すのを放棄した女の姿がそこにある。

手ぐしでサイドの髪を整えていたら、また白い髪を見つけた。抜いても抜いても、再びどこかから生えてくる。歳を重ねても、自慢の髪だけは傷まないよう丁寧にケアしてきた。その髪でさえ、老いには抗《あらが》えないというのか。

スノーブーツの中の、親指も痛い。早く、家に帰りたかった。この嫌な靴を早く脱いで、暖かい布団に飛び込みたい。

会社を出て、道すがら見つけたカフェで、クリームパンとコーヒーをテイクアウトした。電車でコーヒーをちびちび呑みながら帰ろう。

「痛っ」

カフェの自動ドアを出ようとしたところで、駆け足で入ってきた中年男性と肩がぶつかった。手にした蓋つきのカップを、バシャンと落としてしまう。男性は私がコーヒーを落としたことに気づかず、何事もなかったように従業員にトイレの場所を訊いている。

「ちょっと、待ってくださいっ」

溜まっていたストレスをぶつけるように、強い口調で男性を呼び止めた。

「はぁ？」

「コーヒー、落としたんですが？」

「そっちがぶつかってきたんだろ」

「私からはぶつかってませんっ」

私は、彼に歩み寄る。強めに足を出したせいで、スノーブーツの中の親指がますます痛くなる。

「謝ってください！」

「はいはい、悪かったよ」

「そんな謝り方ないと思います。弁償してください、コーヒー！」

私は、男性をキッとにらみつけた。でも、段々と熱が冷めて、自分が大人げないと思えてきた。周囲の客は、わがままな子供を見るような目で私を眺めている。

「お客様、新しいコーヒーをご用意いたしますので！　無料で！」

高校生とおぼしき従業員に、そんなことを言わせた自分が惨めだった。最後に付け足した「無料で！」が、人としての器の小ささを揶揄《やゆ》してくるようで、顔を上げられなくなる。

「新しいのは、結構です!」

微《かす》かに残ったプライドが、私にそう言わせた。クリームパン片手に、店の外に出る。

歩きながら、憂さを晴らすようにクリームパンにかじりつく。だが、外側のパンが無駄に大きく、中のカスタードになかなか到達しない。三回嚙《か》んでも、クリームには届かない。開発した人の、「少しでも利益を出すために、カスタードは少なくして外側を大きくしてます」という心の声が聞こえてくるようで腹が立つ。

二百五十円も払ったのに、なんでこんな姑息《こそく》なことするのよ。

親指も痛いし、あぁもう、嫌い。人間が嫌いっ。

境内全体を覆い尽くすように、背後から沈みかけの夕日が差し込んできた。隣接する森を吹き抜けてきた風が、目を覚ますような寒さで肌を刺してくる。

春日野病院で、手術前最後の検診を受けたあと、日和神社に足を運んだ。今日も、境内に人の気配はない。

西側の門の前に、栗色の猫がいた。この前、宮司の松野さんが抱いていた猫だ。かなり歳がいっているみたいで、動きは遅い。門の外によたよたと出ていって、しきりに辺りを見回している。誰かを、探しているのかな。

寒風が吹きつけてこない場所を求めて、絵馬かけの前に移動した。平行に吊《つる》された木の板をぼうっと眺めていると、「田中景子《たなかけいこ》ちゃんが、田中景子ちゃんでありますように」と書かれた絵馬に目が留まる。

田中景子ちゃんというのは、友達のことだろうか。

私には、いるかな。家族以外で、私を大切に想《おも》ってくれる人が。

もし、いるとしたら――。

後ろに、人の気配を感じた。振り返ると、茶屋の前に、竹箒《たけぼうき》を手にした松野さんがいる。松野さんは、どうもと言うように、表情を緩めてお辞儀をしてくる。

「松野さん、いらしたんですね」

偶然を装ってみたけど、本当は彼を探していた。色々と、話を聞いてほしくて。

「先日は、ありがとうございました」

私は頭を下げ、茶屋の長椅子に座って甘酒と草団子をお願いする。松野さんから今回もお代を取りそうにない気配を感じたので、先手必勝で手に千円札を握らせる。

「お待たせいたしました」

しばらくして、松野さんが私の隣に丸いおぼんを置いた。私から少し離れたところに座った彼を横目に、陶器のカップに口をつける。

「……最近、人間をあまり、好きになれなくて」

温かい麴《こうじ》を喉に通すと、自然と言葉がこぼれ落ちた。すべてを受け止めてくれそうな、松野さんの温和な顔つきを前にすると、言葉が止まらなくなる。

「乳がんになってからというもの、心がしんどくて、性格も悪くなっちゃって。で、そんな自分が嫌になって、また心がしんどくなって。ずっと、それを繰り返しているような気がします。本当に、自分のことを好きになれなくて」

私は、顔を上げられなくなった。自己嫌悪が胸に波紋のように広がり、肺の底からため息をつく。

そんな私に、松野さんがそっと微笑《ほほえ》みかける。

「性格が悪くなった自分を嫌だと思える時点で、きっと上平様は素敵な人で、誰かに優しくしてあげたいと思える、素晴らしい人です」

「……」

「心に余力がないと、人は攻撃的になってしまいます。でも、それは仕方がないんですよね。ですから、上平様を責めるわけにはいきません。むしろそれは、人間らしい、と言えると思います。さぁ、まずは草団子をお食べになって」

松野さんが白い歯を覗《のぞ》かせると、ランドセルを背負った少年が、参道のほうからつかつかと現れた。確か、拓ちゃん、といったか。

「もーらいっ！」

デジャブを見させられるかのように、拓ちゃんがまた草団子を奪っていった。前回よりも多い、上二つの団子を。

「コラ、拓！　申し訳ございません。あとで、お尻をぺんぺんしておきますんで」

頭をかく松野さんに、いいんですよ、と口元を緩ませる。

冷たい風が、境内の枯れ葉を掃いていった。新しく渡された団子を手にしながら、カップに残った甘酒を呑み干す。

「……実は、以前交際していた同僚に、復縁を迫られていまして」

私は、一番聞いてほしかった話を切り出した。

「でも、彼には断りを入れました。私は病身ですので、迷惑をかけるわけにはいきません。それに、ひとりで過ごす時間は、嫌いじゃないので」

圭一の件を人に話すのは、初めてだ。誰かに話せただけで、心が幾分軽い。

穏やかな表情で聞いていた松野さんが、つと真剣な面持ちになった。

「失礼ですが、上平様はその同僚の方を、どう思われているのでしょうか？」

「…………」

私は、伏し目がちになった。松野さんは、私の心情を推し量るように、鋭い視線を向けている。

「上平様に、ご覧になってほしいものがございます。少し、ご足労願えますでしょうか」

突然、松野さんが参道の方角に足を向けた。背筋のピンとした背中についていくと、見覚えのある鳥居が視界に入ってくる。

「あちらに、対に置かれた、猫の像がございます」

立ち止まった松野さんが、手で指し示した。

「この狛犬ならぬ狛猫を、上平様も鳥居をくぐられた際に、ご覧になったはずです」

私は、こくりとうなずく。

「一般的には、狛犬や仁王像という形で対に設置される魔除《まよ》けの像ですが、社殿に向かって右側が口を開け、左側が口を閉じている形式が多いです。阿吽《あうん》の呼吸、という言葉がございますが、『阿』は口を開いて発音、『吽』は口を閉じて発音いたします。左右の像は、吐く息と吸う息を表し、二人がひとつのことをする際の気持ちが一致することを、『阿吽の呼吸』と呼びます」

初めて聞く話だった。

「そして、この左右の像は、一説には、男女を表していると言われております。向かって右が男、左が女で、異なる二つが合わさって完成するという陰陽の思想です。二つが一緒にあって、初めて意味を成すという教えでもあります」

何か大事なことを伝えてこようとする語り口に、釘付《くぎづ》けになった。松野さんは、続ける。

「私は今から十八年ほど前に、わけあって、最愛の女性と別々の道を進む選択をいたしました。ですが、彼女とともに歩んだそれまでの人生を、後悔したことはただの一度もございません。……上平様。ひとつ、お聞かせ願えないでしょうか」

「……」

「自分の人生を振り返ってみて、幸せだった思い出を五つ、頭の中で描いてみてください」

「幸せだった思い出を五つ……」

「そうです。頭によぎったシーンの中に、あなたがひとりでいる思い出はございますか？」

「……」

「幸せな思い出の中には、必ず、誰かが一緒にいませんか？」

「病気の人が恋をしてはいけないなんて、誰が決めたのでしょうか？　病気の人が幸せになってはいけないなんて、誰が決めたのでしょうか？」

「……」

松野さんとお会いしてから、三日後のことだった。

手術前、最後の出勤を終えてロッカーに移動すると、二課の同僚が、圭一がニューヨーク支社に転勤になる、と噂《うわさ》しているのが耳に届いた。私服に着替えながら聞き耳を立てると、圭一がニューヨークに行くのは、今年の四月かららしい。

昼休みに、今晩時間取れないか、とお願いされたけど、そういうことか。あまりにしつこいので了承したけど、僕について来てくれ、とかまた勝手なこと言うのかな。

「上平さーん！」

ロッカールームに現れた梨奈さんが、私のそばに来た。右手に、小さな紙袋を提げている。

「ごめんなさい、急いでるから」

「上平さんに、お渡ししたいものが――」

「では」

彼女が言い終わらないうちに、さっと背を向けた。今から圭一に会うだけでも気が重いのに、梨奈さんの相手などできない。

圭一に指定された、神田川《かんだがわ》沿いの公園に出向く。圭一と交際中、昼休みによくその公園で一緒にお昼を食べた。

「ニューヨーク支社に、転勤になるんだって？」

水銀灯の無個性な光に照らされながら、こぢんまりとした公園の中に入っていく。

「よかったじゃない。出世コースじゃない」と、砂場の前にひとりぽつんと立つ圭一に歩み寄る。

「今日で、仕事は最後かい？」

「うん」

「手術は、明日？」

「あさっての朝十一時。明日からもう入院するけどね」

「……そう」

「にしても、いいよね、ニューヨーク。日本に戻ってくることがあったら、おみやげ買ってきてよ」

「僕は、行くつもりはない」

決意を滲《にじ》ませたような声で、圭一が言った。

「僕は、明子が好きなんだよ。君が乳がんだろうと何だろうと、関係ない。この前、一緒に食事して思った。僕はやっぱり、君が好きだ。君といると楽しいんだよ」

「……」

「本音を言うと、ニューヨークに行きたい気持ちはある。でも、君のほうが大切だ。だから、やり直してくれないか？　そのためなら、今の仕事を辞めてもいい」

「…………」

私は、何も返せなかった。照れを隠すようにわざとらしく笑い、強風でぎこぎこと揺れ始めたブランコに視線を移す。

遅れて、胸にじわじわと熱いものが込み上げてきた。だが同時に、現実を冷静に見つめる自分が顔を出す。

今後、がんの転移が絶対にないとは言い切れない。私と一緒にいると、圭一はこの先、苦労することになる。

札幌への転勤を経て、圭一は一回り成長した。誠実な人柄や、エンジニアとしての腕を考えても、彼はいずれ会社の主軸を担うことになる。私なんかとくっつくより、順調に出世して、健康な他の誰かと一緒になったほうがきっと幸せになれる。

――病気の人が恋をしてはいけないなんて、誰が決めたのでしょうか？

先日、松野さんに言われた言葉が浮かんできたが、頭を振って打ち消した。

「……ごめんなさい、圭一」

「なんで……」

「ごめんなさい、圭一。本当に、ごめんなさい」

「なんでだよ？　なんで？」

圭一は詰め寄ったが、私は断ち切るように身を翻した。


薄白い天井をぼうっと眺めながら、ストレッチャーのキャスターがころころと鳴る音を聞いていた。進行方向にいる病衣を纏《まと》った患者が、まるで緊急車両がやって来たかのように、さっと進路を譲ってくる。

手術用のガウンのサイズがきつくて身じろぐと、お腹《なか》がくうっと情けない音を発した。

「手術前で、朝から何も食べれてないし、お腹も減るよね」

ストレッチャーを押している熟年の看護師さんが、ニッと笑った。同調するように、もうひとりの看護師さんも白い歯を見せる。二人して、表情が硬い私をほぐそうとして笑ったのが見て取れたが、私は結んだままの唇にかすかな笑みを浮かべるだけで精一杯。もうすぐ乳房をメスで切られることを想像すると、心の中の不安が雨雲のように広がっていく。

昨晩、病室の鏡の前で半裸になり、両胸をスマホで写真に収めた。人に自慢できるような、綺麗な胸ではない。でも、三十三年もの間、女の象徴としてそこにいてくれたのだ。

廊下の窓の向こうに、雨がぱらついてきた。ストレッチャーで直進しながら、廊下を右に折れた先に、家族に付き添われて手術室に入る患者が見えた。

「しっかりね、お父さん。必ず、戻ってくるんだよ！」

聞こえてきた美しいはずの言葉が、私の心には素直に届かない。

私に、付き添いはいない。茨城の家族には、今日に至るまで一度も連絡していない。自ら選んだ道だけど、孤独に押し潰されそうになる。

「上平さん。上平さんっ！」

突然、後ろから若い看護師がドタバタと駆け寄ってきた。病室から、徒歩で前室に移動する際に付き添ってくれた、病棟の看護師さんだ。

「上平さん、これ」

「……なんですか、その紙袋？」

停止したストレッチャーの上から、怪訝《けげん》そうな顔を向ける。

「二時間ほど前に、上平さんの会社の方が、ナースステーションにお見えになったんです。あなたに、これを渡してほしい、と。手術前でバタバタしてて、あなたにお渡しするのを忘れてました」

上半身を起こし、小さな紙袋を受け取る。わけもわからず中身を取り出すと、二枚の色紙になにやらたくさん書かれている。

会社の人たちが、私に向けて書いた寄せ書きだった。

『手術、がんばってください、上平先輩！』

『上平さんがいないと、仕事が回りません』

『忘年会には来てくれませんでしたが、今年のお花見には必ず来てください！』

『仕事中、君の綺麗な髪にいつも見惚《みほ》れていたよ。あ、これセクハラか』

『上平、仕事のことは忘れて手術に集中しろ。戻ってくるの待ってるからな！』

色紙の中央に、私の似顔絵が描かれている。似顔絵を取り囲むように書かれた言葉の下に、それぞれの名前が記入してある。営業二課だけではなく、他の部署の人たちも。

「…………」

私は、鼻から太い息を吐き出した。読み進めるうちに、瞼《まぶた》の奥がじわりと潤んでくる。

「……これ、誰が持ってきたんですか？」

答えを急《せ》かすように、身を乗り出した。するとその若い看護師は、思い出すように上目遣いをしたあと、教えてくれた。

「名乗りませんでしたが、若い女の子でしたよ。確か、三つ編みをしていたはず」

「…………」

様々な感情が交錯して、言葉が出てこなかった。

うちの会社に、三つ編みの若い女性はひとりしかいない。そういえば一昨日、あの子はロッカールームで私に何かを渡そうとしていた。

私は、目で色紙の文字を追う。あった。彼女の言葉が。

梨奈さんの言葉が。

『なんだかんだで、一番尊敬してますんで』鈴木梨奈

愛想のない言葉だが、それで充分だった。

でも、仕事を抜けてこの病院に来たのはいただけない。会社に戻ったら、注意しないと。

あと、一度、食事に誘おう。

お礼を言うために――。

「あなたは、仲間に恵まれてるわね」

熟年の看護師さんが、私の右手をぎゅっと握った。

「女にとって、胸を切られるのがどれだけ辛いことかは、私も女だからわかる。でも、あなたはひとりじゃない。私たち看護師は、そのために今、こうしてそばにいるの。手術は、必ず成功する。だから、しっかりがんばってきな」

握られた手は、重みがあった。患者の不安を取り除くのも、看護師の仕事だから。

そう伝えてくるかのような、温かい手だった。

廊下の角を曲がると、突き当たりに手術室が見えた。

角を曲がる際、髪の毛のない少女が、窓枠にお尻を預けて紙飛行機を折っているの

が横目に見えた。以前に一度、この病棟で見かけた少女だ。

髪のないその姿が、頭を離れなくなった。「手術室」と記されたプレートが近づくにつれ、その姿が脳内にどんどん迫ってくる。

今後もしがんが再発し、抗がん剤を使用することになったら、髪の毛は抜け落ちるだろう。丁寧にケアしてきた、私のこの大切な髪が。

外の雨音が、やけに意識された。脳裏から消し去っていた画像が、ちらりと頭の隅をかすめる。以前ネットで見た、縫い跡の残る乳房の画像が。

回復したはずの心が、再び闇に侵食されていく。三時間前から水分を禁止されていることもあって、口の中はからからだ。手には、びっしょりと脂汗を握っている。

手術室が目前に迫った、その時だった。

病棟の外から突然、軽快なクラシック音楽が流れてきた。耳を澄ますと、どうやら白鳥の湖らしい。

「何、あれ？」

声のしたほうに顔を向けると、二階にいる大勢の患者が、驚いた様子で外を眺めている。

私は上体を起こし、窓の外に視線を投げた。目を凝らすと、足下にＣＤプレーヤーを置いた誰かが、バレリーナの格好でくるくると踊っている。

「すいません、ストレッチャー、止めてくださいっ」

看護師さんに早口でまくしたて、窓に顔を近づける。

「買おうと思った服だけ、Mサイズがない～」

私は、目を疑った。雨が強まる中、病院の中庭で、圭一がボーリショイ前田のマネをしているのだ。

「シャッフルで音楽を再生したら、ハズレの曲しか回ってこない～」

真面目な性格の圭一は、馬鹿ができない。事実、忘年会の一発芸で、ボーリショイ前田のマネをするのを断った。その彼が、恥ずかしそうに頭を垂れながらも踊り狂っているのだ。

純白のチュチュだけではなく、白いタイツまで履いている。木々の間を縫うように、太い足を振りながらぴょんぴょん飛び跳ねている。

「ふふ。……ふふふ」

私は、笑った。笑うと、気が楽になってきた。

圭一は、手術に向かう私の緊張を和らげようとしてくれているのだろう。その意図に気づいた時、外の風景が涙でぼやけた。

私は、思った。

いや、気づいた。

いや、本当はもう、とっくの昔に気づいていたのだ。

ひとりで過ごして楽しいと思えることなど、たかがしれている、と。

私はそれを、認めたくなかっただけなのだ。

妙な一匹狼《いっぴきおおかみ》を気取っていたけど、それは本心とは違う。一匹狼を演じないと、自我を保てなかったのだ。

私は、ひとりのほうが気楽でいい、と自分に言い聞かせていただけ。今はひとりの時間を大切にしたい、とか言っていたけど、嘘《うそ》だ。本当は、誰かと幸せそうにしている人がうらやましくて仕方がなかったのだ。

松野さんはきっと、見抜いていたのだ。私が、強がっているだけなのを。

それに、私はシンプルに、圭一のことが好きなのだ。

圭一と別れて以来、彼のことを思い浮かべない日は一日もなかった。札幌から東京本社に戻ってくると聞いた時、内心、喜んでいる自分がいたのだ。

なにより、
私が髪の毛を大切にしてきたのは、昔、圭一が褒めてくれたから——。

中庭で踊り続けている圭一と、目が合った。彼は、恥ずかしそうに目をパチパチさせ、再びくるくると回り始める。

「病気になっても、僕が寄り添う～」

「……」

「車椅子になっても、僕が旅行に連れていく～」

「……それ、あるあるネタじゃないでしょ」

言いながら、唇が震えてきた。頬に伝ってくる涙が、今まで感じたことがないほど温かい。

「あの人は、お友達？」

熟年の看護師さんが、窓の向こうを見ながら尋ねてきた。私は、「いえ」と短く告げてから、どこか得意げにこう答えた。

「彼氏です」

雲ひとつない空が、青く澄み切っていた。温かい甘酒が、今までより一層おいしく感じられる。

「ご退院、おめでとうございます。ご無事で、本当によかったです」

喜びを顔にあふれさせた松野さんが、体を畳むように深々とお辞儀をしてくる。

「ありがとうございます。手術後、二週間ほど入院してたんですが、すっかり回復しました。がんは転移もなく、術後も良好です。明日から、仕事に復帰します」

「それは、よかった。くれぐれも、無理なさらないでくださいね」

「ありがとうございます」

「今後もし、辛いことがあったら、いつでもここを訪れてください。私というより、この神社があなたを迎え入れます。神社というのは、そういう場所なのですよ」

私は、心に留《とど》めておこう、と思いながらあごを引く。

「松野さんには、色々とお話を聞いていただいて、本当に感謝しております」

心ばかりのお礼にと、行きつけの和菓子屋で買ったどら焼きを渡そうとした。松野さんは受け取ろうとしなかったが、強引に手渡した。拒否しながらも、受け取るとうれしそうだったのが、印象的だ。松野さん、意外と甘党なのかな。

「おばさん、これあげる！」

いつのまにか茶屋の中にいた拓ちゃんが、草団子を差し出してくれた。

「お姉さんでしょ！」

笑いながら草団子を受け取る私に、松野さんが言う。

「どれだけ辛いことがあっても、そばで寄り添ってくれる人がいたら、人生は生きる価値があるのではないでしょうか。もちろん、寄り添ってくれるのが、恋人じゃなくてもいいのです。親や兄弟、友達や近所の人でもいい。この草団子も、団子はひとつよりも二つ、二つよりも三つのほうが」

目を細める松野さんに、私は、ですね、と表情を崩す。

「こんにちは」

鳥居の向こうから、圭一が近づいてきた。あそこに、対に並んだ妙な猫の像があったよ、と後ろをちらちら見ている。

私は松野さんに、圭一と婚約したことを報告した。

手術後、圭一は毎日病院を訪れて、懸命に付き添ってくれた。退院と同時に、私のほうからプロポーズしたのだ。

圭一と一緒に、会社の社長に婚約を報告した。すると社長は、圭一の転勤を一年後に延ばしてくれた。私の体調が戻り、もし英語がある程度話せるのであれば、私の席もニューヨーク支社に用意する、と言う。二人で行きたいんだったら、この一年しっかり英語の勉強をしろと、社長は私と圭一の肩を叩いてくれた。

ちなみに明日の夜、圭一も交えて、梨奈さんと焼肉を食べに行く。口の悪い子だし、なんか嫌みのひとつも言われそうだけど、今なら笑って許せそうな気がする。

「今から、二人でスーパー銭湯に行くんです」

少し前に、圭一と行きつけのスーパー銭湯を訪れた。人前で胸の傷を見られるのに抵抗があったが、入浴中、壁の向こうで、圭一がボーリショイ前田のマネをしてくれる。圭一が壁の向こうにいると思うと、不安は和らいだ。

「松野さん、明日もし、隕石が衝突して地球が滅びるとしたら、最後の一日をどう過ごしますか？」

私は、尋ねた。急な質問に、松野さんはうーんと唸《うな》っていたが、ほどなくこう答えた。

「難解な問いかけですが、誰かと一緒に過ごすことだけは、間違いないでしょう」

私は合点《がてん》がいったように、こくりとうなずく。

明日もし、隕石が衝突して地球が滅びるとしても、私は暖かい布団で普通に八時間寝る。これは譲れない。

でも、残りの十六時間は、私を想ってくれる人と過ごしたい。

なんだったら、布団で二十四時間、ごろごろしてもいい。でも、隣の布団には、誰か大切な人にいてほしい。もし誰も見つからなければ、猫でもいいよ。

しみじみとそう思っていたら、以前、私をこの神社に連れてきてくれた黒猫が、隣の森から姿を現した。私は猫を抱え上げ、頭を何度も撫でる。

みんな、優しいな。

私はそう感じながら、草団子にパクッとかぶりついた。

第二話　風に吹かれて

六時限目の開始を告げるチャイムを聞きながら、机で下を向いて縮こまっていた。廊下から近づいてくる足音と拍子を合わせるように、心臓がばくばくと跳ねる。頼む、地震起きてくれ。みんなが死なない程度に、いやもうボクもろとも死んでもいいから、地震起きてくれ。心の中で祈っていたが、ボクの願いが叶《かな》えられることはなかった。現れた担任の鈴木《すずき》先生が、教卓に両手をついて前屈《まえかが》みになる。

「じゃ、今回のホームルームで、あさっての遠足の班を作るからな」

ドライに告げられた瞬間、教室中の空気が、その境目がくっきりとわかるほどさっと異質なものに変わった。

高校に入学して最初のホームルームで、次のホームルームで遠足の班を作ることは前もって知らされていた。陰キャにとっての班作りの告知は、戦時中に赤紙が届けられるのと等しい。精神が袋小路《ふくろこうじ》に陥り、この一週間、水面下で根回しをしているクラスメイトをよそに、何もできずにただただ震えていた。

「前回のホームルームでも言ったが、まず男女でそれぞれ三人組になって、そのあと男女の班がくっついてひとつの班を作れ。男女混合で、計六班だ」

淀《よど》みのない口調が発する、圧がすごい。

なんでこんな残酷なことをするんだろう。ボクは、窓側から三列目の、前から三番目の席に座っている。名前の順に座っているわけだし、前後の席で班を作ればいいじゃないか。平等を重んじる、とホームページに書いてあったからこの都立高校を選んだのに、ひどすぎるじゃないか。

「先生。あたしは、女子の班はあたしとアカネで充分なんだけど」

後方の席から、誰かがぞんざいな口調で言った。振り返らなくても、癇癪《かんしゃく》の強そうな声から誰だかわかる。

白金瑞穂《しろがねみずほ》。茶髪、丈の短いスカート、そして、狐《きつね》のように吊《つ》り上《あ》がった目。入学式のあと、肩で風を切って教室につかつかと入ってくるのを見た時、彼女がこのクラスを仕切ることになる、と直感的に思った。ボクの見立て通り、粗野でズケズケとものを言う態度に怯《おび》え、いまだ彼女に盾突《たてつ》く者はいない。父親が浅草で有名な運送会社を経営している出自も、多少なりとも影響しているのだろう。

「わがまま言うな、白金。あと言い忘れてたが、このクラスは男子が二十人いて、女子より二人多い。二人余るから、男子のほうは二班だけ四人組になるように」

体の芯から舌の先に、ぴりりと緊張が走った。

二人余るから。

二人余るから。

二人余るから――。

なんとなしに告げられた言葉が、終わりを知らないように頭の中でぐるぐる回る。

余るのは、ボクと井上《いのうえ》君じゃないか――。

そう算段して、窓側の一番前に座る井上君に視線を向けたら、彼もボクと同じことを考えているのか、ちらちらとこっちを見ている。

入学以来、井上君が誰かと話しているのを、目にしたことがない。彼とは、オリエンテーションの時に一度だけ、言葉を交わした。混雑しているトイレで肩がぶつかった際、「ごめん」と謝るボクに、「あ、いいよ」と返してくれた。たった一言だったけど、いいよ、と許してくれたその態度に、人の良さが見て取れた。ともに小柄で通じ合うものがありそうだし、彼も人見知りなのか、それ以来接触はないが、いつか友達になれたら、と思っている。

井上君と、班を組めないかな――。

「じゃ、班を作れっ」

頭を整理できないままに、先生がぱちんと手を叩いた。

その瞬間、我先にとばかりに全員が一斉に動き出した。普段、休み時間になった瞬間に感じるそれの何百倍の速さと熱量で。

あっというまに、ボクの周りから人がいなくなった。もしかすると、誰かが誘ってくれるかも、と淡い期待を抱いていたが、前に授業中に消しゴムを拾って渡してあげた子も、昨日自転車で通学中に信号待ちで微笑み合った子も、眼中にボクはない。

次第に、背筋が寒くなってきた。

誰も班に誘ってくれないからではない。

誰しもが、ぼっちを異様なまでに恐れているのを感じ取ったからだ。

班作りなんて、どうでもいいよ。スカした態度で、これまで気にしている素振りを見せなかった隣の席の子が、半泣きで班に入れてくれと頭を下げている。「アイスクリーム屋でバイトしてて、クーポンがあるんだけどいる？」と、プライドをかなぐり捨てている。

席を動けないでいる井上君が、ボクを見ていた。

井上君、勇気を出してよ。君がボクのところに来てくれたら、ボクはぼっちを回避できる。でも、彼は動かない。中野《なかの》君のほうこそ、ボクのところに来てよ。そう告げるかのように、ボクが動くのを待っているのが伝わってくる。

「井上君、うちの班は三人なんだけど、よかったら四人目で入る？」

耳に入ってきたその言葉に、血の気が引いた。

「……うん」

井上君が、小さくあごを引いた。席から立ち上がった井上君が、一瞬だけ、ボクに視線を向けた。勝ち誇ったような、それでいてどこかボクを蔑むような視線を。もう、お前に用はないから。その目は、ボクにすぱっと境界線を引いている。

余っているのは、ボクだけだった。

教室の至るところで、笑い声が弾《はじ》けていた。無事に班を作れた子が、「鎌倉《かまくら》の大仏、まだちゃんと観たことないんだよね」「観光よりも、そのあとのバーベキューが楽しみ」と声を弾ませている。

「全員、班できたか？」

教室中を移動しながら、先生が呑気《のんき》に確認してきた。

「中野は、余っているのか。で、白金の班の男子は、一人しかいないのか。じゃ、中野は、白金のいる班に入れ」

はぁ？　はぁ？

なんでだ。なんで、白金瑞穂の班なんだよ！

鈴木先生は、人の気持ちがわからないのか。これだから、体育大出の脳筋は嫌なんだよ！

「あたしは、嫌」

後ろから、突き放すような声が聞こえた。おそるおそる振り返ると、教室の左後ろに、トランプのジョーカーのような態度で、柄の悪そうな連中が集まっている。この集まっている五人は、おそらくバスで後部座席に陣取る五人だ。

ここで、他の班がいいです、と申し出れば、白金瑞穂を敵に回すことになる。向こうが嫌であっても、こっちも嫌と返答するのは違う。今後を考えると、断るのは得策ではないだろう。

「まぁ、いいじゃないか。とにかく中野は、白金のところに入れ。じゃ、ホームルーム終わり」

ボクの葛藤など知る由もなく、先生が強引に命令してくる。

背後から、舌を打つ音が聞こえた。

取り囲む全員が、敵になったような気がした。押し寄せる孤独に、いつまでも顔を上げられなかった。

人けのない屋上に、風が吹いた。それを合図にして、銀色のハーモニカにそっと口をあてがう。

昔から気が滅入ると、ひとりになってハーモニカを吹く。

ボブ・ディランの名曲、『風に吹かれて』を。

小学四年の時に、好きなアニメのキャラがハーモニカを吹いていて、興味を持った。その年の誕生日に、母親が買ってくれた10ホールズのハーモニカを、今でも使用している。レパートリーは多くないが、吹き慣れた曲は口が勝手に動くほど、体で覚えている。

突然、屋上の古びた扉が、キィィッと開いた。

「今日は暑いね、山田《やまだ》君。屋上のほうが、絶対涼しぃよ」

そう言いながら現れた井上君が、ボクを見つけるや、すっと視線を外した。遠足で仲が深まったクラスメイトと、好きな漫画の話をして昼休みを満喫している。

井上君はもう、れっきとしたリア充だ。境遇の差に居心地が悪くなり、逃げるように屋上を出る。

遠足は、散々だった。直接的に何かいじめられたわけではないが、班のメンバーに、露骨なぐらい冷たくされた。

班決めでひとり余って以来、クラスメイトが向けてくる視線が変わった。それまでは、単に相手にされていなかっただけなのが、はっきりと、嫌われている、と感じるようになった。

　何も迷惑をかけていないのに、ボクをにらみつけているクラスメイトを頻繁に見かける。俺、性格の暗いやつは、生理的に受けつけないいんだよ。ボクをにらむ目は、そう語っている。中学時代も同様の目を散々見てきたから、わかる。

　誰かが流行《はや》りのテレビドラマの話をしている時でさえ、自分の悪口を言われているような気がしてならない。昨日の放課後、正門脇に止めてある自分の自転車が倒れていた。他の自転車も横倒しになっていたので、おそらく強風が原因だろう。でも、誰かがボクの自転車を倒したように感じられたのだ。

「癖っ毛君は、今日もぼっちみたいだね」

　教室に戻って席に着くと、後ろのほうで喋《しゃべ》っている声が、耳に届いた。感覚が鋭利になっているので、教室で話す全員の会話が聞き取れる。一瞬、癖っ毛君という言葉の意味が理解できなかったが、自分のことを言われているような気がしてきた。

　頭をかくフリをして後ろに首を向けると、目が合った染谷《そめや》アカネという女子が、細い目を白々しくそらした。遠足中もボクに冷たくしてきた同じ班だった子で、ボクは確信した。癖っ毛君というのは、ボクのことだと。

「アカネ、それは言ったらダメだろー」

染谷さんの隣でリップを塗る白金瑞穂が、呆れたように発言をたしなめた。だが、白金瑞穂の目尻は下がっている。表面的には正義面しているが、言われた本人が苦しむ姿を内心楽しんでいるのが伝わってくる。変に正義面している分だけ、染谷さんよりも人の悪さを感じる。

椅子に座りながら、頭を抱えた。つきまとう孤独感が、貧乏神のように体を離れなかった。

「お昼ご飯、できたよっ」

階段の下から、母親が無駄に大きな声で知らせてきた。急に叫ばれるとドキッとするから、やめてくれとあれほど言ったのに。最近、夜眠れなくて機嫌が悪いこともあり、険のある顔でゆっくりと階段を下りる。

「部屋にこもってばっかで、頭おかしくならないの、明人《あきひと》？」

「……」

「それと、いくら休日といっても、寝癖ぐらい直しなさい。四十を過ぎた私でもやってるのに」

「……」

ボクは、返事をしないどころか、目も合わせない。うちの母親は、顔を合わせるといつもボクのことを否定してくる。

「コップに氷を入れすぎ。そんなに冷やしてどうすんのよ」

「……………」

母親と絡みたくなくて、部屋に持ち込んでひとり食べることに。

「頼むから、少しは勉強してよ。博明《ひろあき》があんたの歳の頃なんて、休日は朝から机に向かってたよ」

階段を上りながら、兄の名前を出されて心が波立った。

四つ上の兄は、国立の大学に入学し、この四月からアメリカに留学している。昔から、何かにつけて優秀な兄と比較されてきた。

都市銀行に勤める父親は、忙しくて昔からあまり家に帰ってこない。子育ての中心は、我の強い母親が担ってきた。

今でこそ落ちぶれたが、これでも小学生の頃は、成績はよかった。母親もよく褒めてくれたが、中学に入って成績が下降すると、がみがみ叱られるようになった。怒られすぎて自信を失い、性格も段々と暗くなっていった。

「今度、博明が戻ってきたら、あんたを注意してもら――」

「もう、うるさいって！」

階段の途中で、我慢できずに吠《ほ》えた。母親は、ふてくされたように大きな目をすっとそらす。

否定されるのは、もううんざりだ。クラスでハブられるようになってから、体重を失ったようなふわふわした感覚が常にある。極力、人と接したくない。人に会うと、相手のそれとない言葉が逐一心に刺さってくる。靴紐《くつひも》、ほどけてるよ。そんな何気ない指摘でさえ、馬鹿にされたような気がして心が沈むのだ。

人けのない踊り場で、四階に続く階段を見上げていた。窓の外からさんさんと降る光とは対照的に、心はかつてないほどの闇に支配されている。学校に、遅刻してしまったのだ。

ゴールデンウィーク最終日だった昨日、翌日からの学校が嫌で、深夜まで寝つけなかった。母親は、町内会の用事で早朝は不在だった。スマホのアラームが鳴っているのに気づかず、家に戻ってきた母親に叩《たた》き起《お》こされたが、九時をとうに過ぎていた。ハアハア言いながら学校にやって来たものの、教室が近づくにつれて、足が鎖を引きずっているように重くなってきた。遅刻して教室の扉を開けると、クラスメイトの視線が刺さる。全員に見られるのが怖いのだ。

病気のフリをして休もうかなと思ったが、できなかった。欠席すると、翌日に注目を浴びることになる。嫌われ者にとっては、まだ学校に来たほうがましなのだ。

頬を両手でパチンと叩き、自分を奮い立たせる。階段に足をかけたが、三段目に右足を乗せるや、同じリズムを刻んで階段を下りた。踊り場に戻ると、母親の胎内にいるかのような安堵《あんど》感に包まれる。

教室に入ったら、どうなるだろう。染谷さんは、にらんでくるかな。白金瑞穂は、何かをぶつけてこないかな。

癖っ毛君から、遅刻君に呼び名が変わるのかな。でも、遅刻君のほうがましか。でも、遅刻君が変化して、恥骨君と呼ばれるようになったらどうしよう。参観日に、親の前で恥骨君と呼ばれたらどうしよう。先生までそう呼び始めたらどうしよう——。

焦燥感が高まりすぎて、わけがわからなくなった。急激に、一刻も早くこの苦しみから抜け出したい気持ちが強まり、一足飛びで階段を上っていた。楽になりたい欲求が、ボクをすたすたと教室の前まで行かせる。

戸に手をかけた瞬間、引き返したい衝動に駆られた。が、戸のガラスの向こうに見える生徒と、目が合ってしまった。もう戻れない。

先生が英語を音読する声を聞きながら、壊れものをあつかうように、そっと戸を引いた。その瞬間、ひとりの例外もなく、クラスメイトがボクにぎろりと目を向けた。三十七人、計七十四個の目を――。

鋭い目もあれば、あざ笑うような目もある。呆れを見せつけるように瞬きを連続させる目もあれば、上を向いて見る気がしないことをアピールしている目もある。俺は以前から、なんかお前のことが受けつけなかったんだよ。全員の気持ちが同じベクトルになっているこの機に乗じて、隠していた本音を見せつけてくる目もある。

怖かった。

人間が。

もう限界だった。

否定されるのが。

席に向かうボクに、眉間に皺を寄せた白金瑞穂が、チッと舌を打った。それを合図にするかのように、教室の至るところからチッチチッチと乾いた音が耳に届く。目に映る白金瑞穂の姿が、歪《ゆが》んで見え始めた。周りの景色も、混沌《こんとん》としてきた。脳の奥に溶けるような感覚を抱くと同時に、視界がぐるりと回転した。

救急車の中で意識を取り戻したボクは、浅草の春日野病院に運び込まれた。

色々な検査で異常なしと診断されたあと、青すぎる顔色を見て疑ったのか、精神科に回された。駆けつけた母親に付き添われながら下された診断は、うつ病だった。

一緒に病院に来てくれた担任の鈴木先生には、しばらく学校を休め、と指示された。

だが、先生が立ち去ったのを確認するや、母親の態度が変わった。

「うつなんて、たいした病気じゃないよ。そもそも、本当にうつなのかしら」

病院外の薬局で薬を受け取りながら、母親は怪訝そうな顔をする。

「明日からは、学校行けるわよね、明人？」

「母さん、ちょっとひとりにして。少し休んでから、家に帰るよ」

「どこに行くつもりなの？　一緒に家に帰るわ——」

「いいから、ひとりにしてくれっ！」

溜まっていたものを吐き出すように、声を荒げた。薬局の外に出るや、母親と逆の方向に歩き出す。

プライドが邪魔をして、学校でいじめられていることを母親に言えなかった。あんな母親といえども、心配をかけたくない気持ちもある。

目に入った公園のベンチに、お尻もつけずに背中からばさっと倒れ込んだ。

心は、一向に鎮まらない。休んでいるつもりでも、心から休めない。今頃、誰かがボクの悪口言ってるんだろうなぁとか、みんなは勉強がんばってるんだろうなぁとか、今後ボクがうつになった噂が広まるんだろうなぁ、と焦りや罪悪感がごちゃ混ぜになり、頭は常に忙しい状態が続く。

死にたいというより、消えてしまいたい、と思う。その一方で、誰かに助けてほしい、と願う自分もいる。

気分転換に、ハーモニカを吹こうとポケットに手を入れたら、砂場の上で、茶トラの猫が慌てふためいているのが見えた。女子高生とおぼしき二人がホースを握り、公園の隅から猫に水をかけている。

「何をやってるんだっ」

猫に自分と重なる部分があって、勇気が出た。その二人組に、白金瑞穂と染谷さんの姿がダブッたのかもしれない。腰が引けながらも、「かわいそうなことはやめなよ！」と続けると、二人は苛立つ素振りを見せながらも立ち去った。

みゃあ。

猫に近寄って頭を撫でると、うれしそうに鳴いた。抱え上げようと両手を伸ばしたが、猫は手をさっと避けて、破れたネットフェンスの隙間から公園の外に出ていく。

追いかけると、猫はそそくさと逃げる。少し先まで行って立ち止まり、何か言いたそうにこっちを振り返る。逃げ方に意志が込められているような気がして、追わずにはいられない。

広大な森を横目について行くと、小さな神社が見えてきた。猫に誘《いざな》われて参道を直進すると、「日和神社」と額が掲げられた鳥居が視界に飛び込んできた。鳥居の手前に、猫の石像が対になって設置されている。

鳥居を抜けた猫が、手水舎の竹筒の上にさっと飛び乗った。後ろからじりじりと詰め寄ると、急に顔を向けた猫が、ボクの手の甲をさっとひっかいた。

「痛っ」

顔を歪めるボクを差し置いて、猫は何事もなかったような顔で隣の森に駆けていく。

「助けてやったのに、なんて猫だ」

思わず声に出すと、「大丈夫ですか？」と、灰色の作務衣を着た男性が社務所から現れた。この神社の宮司さんだろうか。

「お手を、失礼いたしますね」

宮司さんが、温もりのある手でボクの右手を掴む。ひっかかれた手の甲に優しく消毒液を振りかけ、ポケットから絆創膏を取り出した。傷がはみ出ないよう慎重に貼りつけてくれた姿から、人の良さが伝わってくる。

「痛っ!」

お礼を述べようとしたら、猫にひっかかれた時以上の激痛がお尻に走った。ランドセルを背負った少年が現れ、ボクのお尻にカンチョーをしたのだ。

「コラ、拓!」

宮司さんに拓と呼ばれた彼は、愛嬌《あいきょう》のある笑みを口元にたたえて、社務所のほうに逃げ去っていく。拓が、失礼いたしました。最敬礼で頭を下げてきた宮司さんに、大丈夫です、と返したものの、お尻はまだジンジンしている。

宮司さんが、向かいにある小さな茶屋に足を向けた。丸いおぼんを手に戻ってきて、

「お若い方ですので、お口に合うかわかりませんが」と、湯気が立ち昇る陶器のカップを差し出してきた。

「よろしければ、そちらにおかけになってください」

ボクはカップを受け取り、示された長椅子の脇に腰を預ける。カップに口をつけると、甘酒だった。

「……おいしいです」

「それは、よかった。今日は暖かいので、どうかと思ったのですが」

宮司さんはこめかみを指でかき、人の良さそうな笑みを浮かべる。

カップにもう一度唇をあてがうと、リラックスしていた心に、急に影が落ち始めた。脳裏に学校での嫌な出来事が次々と浮かんできて、甘い麹の味がしなくなる。

そばに立つ宮司さんは、そんなボクをじっと眺めている。柔和ながらも、時折、何かを探るような顔色を窺《うかが》わせる。

この宮司さんに、話を聞いてもらおうかな。

彼の顔を見ていると、言葉がこぼれ落ちそうになったが、理性が止めた。自分がうつだなんて、おいそれと人に言えないのだ。

「…………」

ボクは、後頭部をかきむしりながら沈黙していた。宮司さんは、ボクに小さくお辞儀をし、灯籠に立てかけてある竹箒を握った。額の汗を手でさっと拭い、手水舎の付近を掃き始める。

ボクは、長椅子から動けなかった。前屈みになって両手を握り、わけもなく一心に手水舎の柄杓《ひしゃく》を見つめる。

「そこの学生服のお兄ちゃん、一局指さないか？」

いつのまにかいた若い男性が、絵馬かけの前から誘ってきた。地面にゴザを敷いてあぐらをかき、目の前に将棋盤を置いている。

将棋は指せるが、今はそんな気分ではない。力なく手を振って拒否を示すと、その男性は「松野さん、一局やりませんか？」と、境内を掃く宮司さんに声をかける。

「せっかくのお誘いですが、アルさん、また次の機会に」

宮司さんは申し訳なさそうに頭を下げ、竹箒を持つ手を再び動かし始める。

時間だけが、無駄に過ぎていった。ボクは理由なく目をキョロキョロさせるだけで、この場を一歩も動けないでいる。

やがて、日が傾いてきた。もう二時間はこうしているだろう。将棋に誘ってくれた男性は、すでに境内にいない。

掃き掃除を続ける宮司さんをぼうっと眺めているうちに、はたと気づいた。宮司さんが、実際は何も掃いていないことに。

元より、この境内は充分、綺麗だ。しかも宮司さんは、手水舎や茶屋の近辺ばかりを掃いている。ボクは、思った。この人は、ボクのそばから離れないようにしているのではないか、と。

「……手水舎というのは、参拝者が身と心を清める場所でしてね」

ボクの内面を悟ったかのように突然、宮司さんが声をかけてきた。急に話しかけられてドキリとするボクに、「手水舎では、まず右手で柄杓を持って水をくみ――」と、作法をゆったりと説明してくる。

体が、自然と動いた。宮司さんのそばに寄って柄杓を摑み、説明されたとおりに実践してみる。

「最後に、手に水を注いで、お口をすすいでみてください」

言われたとおりに口をすすぎ、排水溝に少しずつ吐き出す。水は吞まなかったが、口内は瑞々《みずみず》しい。何か超能力的なことをされたわけでもないのに、体全体が清々《すがすが》しく感じられる。でもそれはきっと、隣にこの宮司さんがいるからだろう。

「……実は」

口が、自《おの》ずと開いた。

「今日、春日野病院で、うつ病だと、診断されまして……」

途切れ途切れに話し始めると、宮司さんが真剣な眼差《まなざ》しになった。不自然なぐらいすぐに聞く態度に入ったのを見て、確信した。この人は、ボクが何かに思い悩んでいるのを見抜いて、打ち明けるのをずっと待ってくれていたのだ。

簡潔に自己紹介すると、宮司さんは、松野康一と申します、と名乗った。ボクは松野さんに、学校での出来事も含めて、洗いざらい話した。松野さんは、あいづちを全く打たず、瞳を微かに潤ませながらあごを引いている。

春日野病院の精神科医は、ボクの話をろくに聞いてくれなかった。「とりあえず、薬を呑んでください」の一点張りで、病院が混んでいて、ボクの診察を早く終わらせたい本音が透けて見えた。でも、松野さんは違う。

長い話を語り終えると、松野さんは感心するように言った。

「よく、お話ししてくださいましたね。さぞ、勇気がいったでしょう」

「……」

予想外のことを言われて、面食らった。

「実は、私も昔、うつの時がございましてね」

松野さんは、あっけらかんと言ってのけた。

「そうなんですか」

「ええ。今は薬を手放せておりますが、当時は大変辛い思いをいたしました。ですので、中野様のお気持ちが、少しはわかるかもしれません」

「……高校にはもう、行きたくなくて」

「でしたら、行かなくていいと思いますよ。欠席してください」

拍子抜けするほど、松野さんはあっさりと言い切った。

「辛いなら、逃げていいんです。あとで、どうとでもなりますから」

ボクは、きょとんとしていた。何かと常識的に生きさせようとする母親と、真逆のことを言われたからだ。

「何かにつけて、〜すべき、と思う必要はございません。学校に行くべきとか、懸命に勉強すべきなどと。今はとにかく、何もしないぐうたらを許してあげてください」

「……」

「もちろん、精神科への通院は続けてくださいね。病院で処方された薬を呑むのは、絶対条件です。もし辛いことがございましたら、二十四時間、いつでもこの日和神社においでください。そこの社務所にインターホンがございますので、遠慮なく、真夜中でも押してください」

達観しているような、語り口だった。

ボクは、昔からずっと思っていた。がんばりすぎると休みなよと言われ、休みすぎると逃げんなよと言われる世の中が、とても生きづらい、と。でも、逃げていい、と伝えてくる松野さんには、経験に裏打ちされた信念のようなものを感じる。

「それと、気晴らしに、自分が得意なことをやってみたらいいと思います」

「得意なこと？」

「ええ。サッカーでもテレビゲームでも、音楽でもなんでもいいんです。それと、たまにでいいので、もし気持ちに余裕がございましたら、外に出てみてください。人と会うのが怖いなら、散歩でもいいですから」

松野さんと会った翌日から、ボクは学校を休むことにした。

母親は納得しなかったが、部屋に鍵をかけて閉じこもる。担任の鈴木先生の指示で、高校のスクールカウンセラーが家にやって来た。ボクは部屋の外に出ず、扉越しに、ほうっておいてください、とだけ告げて布団にこもる。

幸い、病院で処方してもらった睡眠薬が効いて、毎晩きちんと眠れるようになった。二週間に一度、診察のために病院を訪れるのは億劫《おっくう》だったが、夜眠れるようになったことで、気持ちも持ち直し始めた。

布団の中にいると、やっぱり学校に戻るべきではないか、と頻繁に思う。その都度罪悪感に支配されるが、今は休むのが仕事だと、無理にでも自分に言い聞かせる。

——気晴らしに、自分が得意なことをやってみたらいいと思います。

一ヶ月ほど布団でごろごろする生活を続けたあと、松野さんの助言を思い出して、近所の公園でハーモニカを吹き始めた。

最初は、外に一歩出るだけでも大変だった。外に出て、知らない人と目が合うと身が縮み、五分もしないうちに家に逃げ戻った。でも、何度もチャレンジしているあいだに、少しずつ耐性が備わってくる。

風に吹かれて、ハーモニカの音を響かせた。

夢中でハーモニカを吹いている時だけは、不思議と嫌なことを忘れられた。

夏めいてきた日差しが、夕方になっても眩《まぶ》しい。澄み渡る空を見上げながら、微かに湿ったシャツの袖を交互にたくし上げる。

七月に入ったのを機に、おもいきって遠出することにした。東武《とうぶ》鉄道《てつどう》・浅草駅の駅ビルに、楽器店がある。気分転換に、店に陳列されたハーモニカを眺めよう。

浅草駅の大型ビジョンを遠目に見ながら、浅草一帯をぶらぶらと歩く。すれ違う人たちが、段々と敵に思えてきた。心が沈んでいく時に出る症状だ。人混みを避けようと、駅ビルの中に入る。

二階への階段を上がると、目の前に正面改札口がある。楽器店に向かうためエスカレーターに乗ろうとしたら、足が止まった。どこかから、軽快なピアノの演奏音が聞こえてきたからだ。

広いフロアの隅に、真っ黒なグランドピアノが置いてあるのが目に入った。長髪の男性が、一心不乱にピアノを弾き鳴らしている。ストリートピアノと呼ばれるもので、駅や商業施設などに設置され、誰でも自由に弾くことができるのだ。

演奏を終えた男性が、艶のある長い髪をさっとかき上げた。鍵盤に乗せた指が奏で始めたメロディに、胸が激しく波打った。ボブ・ディランの『風に吹かれて』だったからだ。

静かな旋律に吸い寄せられるように、ピアノに歩み寄る。ポケットからハーモニカを取り出し、男性が弾いている音と、自分が普段吹いている音が同一かどうかを確かめる。

次第に、体の奥のほうが熱を帯び始めた。ボブ・ディランの曲をピアノで聴くのは、初めてだ。ボクの胸がこれほど熱くなるのは、ボブ・ディランの曲が素晴らしいからか、それとも、この男性が弾くピアノが素晴らしいからなのか。

おそらく、その両方だ。

「ハーモニカを、吹くのかい？」

演奏を終えた男性が、親しげに笑いかけてきた。急に話しかけられて、固まってしまう。

真正面から見る彼は、ほっそりとしていて、色は白い。中性的な顔立ちをしていて、黒のジャケットがよく似合っている。

「……いや、ふ、吹くというほどのものでは」

うつむき加減に出した声が、震えていた。

「ボブ・ディランは、好きなのかい？」

「それは、大好きです！」

思わず、顔を上げていた。男性はふふと白い歯をこぼし、「『風に吹かれて』を、ハーモニカで吹けるかい？」と尋ねてきた。

「ふ、吹けるのは吹けるのですが、人に聴かせられるようなレベルでは」

「僕のピアノと、セッションしないかい？」

まさかの提案に、頭が真っ白になった。

「む、無理です！　あなたのようなすごい方と、セッションするようなレベルでは」

「僕は、すごくなんかないよ。それに、音楽は、うまいヘタは二の次なんじゃないかな」

「……」

「好きだから、弾く。楽しいから歌う。それでいいじゃないか。僕は君のハーモニカと、セッションがしたい。お願いできるかな？」

静かながらも、強い意志が込められた語り口に、断ることができなかった。小さくあごを引くと、一瞬の静寂の後、ピアノが鳴り出した。

緊張を腹の底に感じながら、ハーモニカのプレートをずらす。半ばやけくその思いで、マウスピースに口をそっとあてがう。

美しいピアノの前奏が耳に届くうちに、抑えきれない衝動が、直角に上がってきた。瞼を閉じると、普段と寸分の狂いもなく、口が勝手に動く。

不思議だった。体を縛っていたはずの緊張が雪のように溶け、隣から聴こえてくる澄んだ音と、音色だけではなく体全体が調和しているように感じる。

心が、妙に軽い。

吹きながら、思った。

楽しい、と。

いつまでも、この演奏を続けていたい、と。

セッションは、三分にも満たなかっただろう。

ピアノの演奏が止まると、パチ、パチと、手を打ち叩く音が鼓膜に響いた。目を開けると、周囲に何人かの聴衆がいる。制服を着た駅員さんもいて、ボクに拍手を送ってくれている。

　不思議だった。

　あれほど人の視線が怖かったのに、見知らぬ人にこんな真横で見られても、全然緊張しない。

「ムチャクチャうまいじゃないか、ハーモニカ。驚いたよ」

　ピアノを弾いていた男性が、椅子から立ち上がった。

「クロマチックハーモニカじゃなく、10ホールを使用しているのがいいよ。ハーモニカは、誰かに教わったのかい？」

「……恥ずかしながら、我流なんです」

　ボクは、頭の後ろをかいた。

「譜面も、音楽に関する記号も何も読めません。メロディを順に覚えて、口を動かしているだけで」

「それを、才能と呼ぶんだよ」

「……」

　予想外の言葉を浴びて、頬が赤くなる。

「紹介が遅れたね。東堂直樹《とうどうなおき》、といいます」

男性が、ぺこりと頭を下げてきた。中野明人です、とボクも名乗る。

「明人君、か」

「東堂さんは、ピアニストなんですか？」

「……いや、昔に少し、かじった程度だよ。ところで、明人君。僕は毎週、金曜日のこの時間に、ここにいる。気が向いたら、来なよ。また、セッションしよう」

東堂さんが、ボクの肩にぽんと手を乗せてきた。彼の手は、ボクに賛辞を贈るかのように力強い。

生まれて初めて、人に認められたような気がした。その場に立ち尽くしながら、いつまでも興奮が収まらなかった。

姿勢よく、静かに鍵盤に乗せた左手が、等間隔に低い音を刻む。やがて現れた右手が、指先を柔らかく動かし始める。ボクは瞼を落とし、ゆっくりとハーモニカで演奏を始める。

この曲を、今まで何度吹いたかわからない。ボクが演奏できる、数少ないレパートリーのひとつだ。

曲の名は、スタンドバイミー。

この曲をハーモニカで吹いている時、どこか異国を旅しているような感覚を抱いていつも胸が弾む。

「スタンドバイミーも、こんなにうまく吹けるんだね」

弾き終えて、東堂さんがピアノから手を離した。

「音楽の才能があるよ、明人君には。この一ヶ月で、ますますうまくなったし」

「とんでもないです。ボクごときが東堂さんと一緒に演奏するなんて、百年早いですよ」

これは、お世辞でもなんでもない。東堂さんはいつも、譜面なしに演奏をこなす。メロディラインを覚えている曲は全部弾けるそうで、ボクなど足元にも及ばない。

東堂さんと出会った翌日から、ボクは近所の公園でハーモニカの練習に励んだ。母親に「早く学校に戻りなさい！」と毎日言われたが、母親の目を盗んで公園に出向く。毎週金曜日には浅草の駅ビルに行って、東堂さんとセッションをする。今では、駅員さんに顔を覚えられているほどだ。

東堂さんの隣で演奏していると、嫌なことを忘れられた。彼と過ごす時間すべてが自分を肯定してくれているようで、全身が高揚感に包まれる。

「東堂さんは、クラシックは弾かれないのですか？」

何となしにした質問だったが、東堂さんは急に黙りこくった。「……クラシックを弾くのは、なんと言うか……難しいからね」と歯切れが悪くなる。東堂さんといえども、クラシックは簡単に弾ける類のものではないのだろうか。

駅の改札が、にぎやかさを増してきた。フロアの壁にかけられた時計を見ると、五時半を過ぎている。このストリートピアノの利用時間は、六時までだ。いつもこの時間になると、家に戻ることを想像して気が滅入ってくる。

「……この駅でハーモニカを吹く時間が、とても充実してるんですよね」

ボクは、しみじみとした口調で言った。

「自分に、自信が持てるような気がして」

「僕もそうだよ。ここでピアノを弾いている時だけは、大きな顔ができる。こんなスカしたジャケットを羽織ってるけど、実像は工場で働くただの契約社員だからね」

自嘲気味に笑う東堂さんを見て、ボクも苦笑いを浮かべる。

「ところで明人君、学校は？　今は、夏休みかい？」

「……」

「………」

ふいの質問に、言葉を返せなかった。東堂さんは、「答えたくなかったら、答えなくていいよ」と続けたが、東堂さんならすべてを受け止めてくれそうな気がして、正直に話した。クラスメイトに嫌われて高校を休んでいること、そして、うつ病になったことを。

「……正直、親には申し訳ないと思っているんです。母親はボクの将来を心配してくれていますし、息子がひきこもりになって周りの目も大変でしょうし」

「君は、優しい子だね。メンタルを病んだ状況で親を想えるなんて、いいやつにしかできないよ」

東堂さんは、ボクを一切馬鹿にしてこない。何を告げても驚くことなく、優しく理解するような目でボクの話を聞いてくれる。

「にしても、ご両親が健在で、うらやましいよ。僕は、生まれた時にはもう父親がいなかったし、母親もすでに、亡くなっているから」

「……そうでしたか」

「ちなみに、僕の誕生日は、母親の命日でもあってね。毎年一月八日になると、うれしさよりも、悲しさのほうが勝ってしまうんだよね。……でもまぁ、明人君には帰れる場所があるだけいいじゃないか。僕には、そういう場所はないからさ」

東堂さんは寂しそうな目をし、長い髪をかき上げる。

「生きるってのは、本当に大変だよね。人生で一番辛かった出来事はどんどん更新されてすぐに思いつくけど、幸せだったことはなかなか思いつかないんだよね」

「わかります、それ」

「でも、僕はこう考えるようにしてる。昨日よりましだったら、それはいい日なんだって。そう思わないことには、やっていけないよ、こんな辛い世の中」

雰囲気からして、東堂さんはてっきりお金持ちの息子か何かかと思っていたけど、実際は苦労されているようだ。でも、だからこそ今のボクには、彼に色々と共感できる。

「東堂さんは、夢や目標とかは、ありますか？」

気になって尋ねると、東堂さんは「うーん」と思案したのち、晴れやかな色を顔に浮かべる。

「夢、と呼ぶには少し違うかもしれないけど、今、アメリカに行きたくて、お金を貯《た》めてるんだ」

「アメリカに？」

「そう。アメリカは、日本よりもはるかにストリートピアノが普及している国でね。駅や商業施設だけじゃなく、空港や公園、中には、ハイウェイに面した草原にぽつんとピアノが置いてあったりする。そんなところで、好きな曲が弾けたら最高じゃないか。なにより、アメリカは、ボブ・ディランの故郷でもあるしね」

「素敵ですね」

「だろ。逆に質問するけど、明人君には何か夢はないのかい？」

「……夢ですか。ボクも、夢、と呼ぶには大げさなんですが」

ボクはそう前置きしてから、「少しでも、ハーモニカがうまくなりたいと思っています」と顔をきりりとさせる。

「……そう」

東堂さんは満足そうな笑みを浮かべ、床に置いた鞄から、缶のコーラを二本取り出した。「少し温《ぬる》いけど、よかったら」とボクに差し出してくれる。

「乾杯」

ボクは、缶をコツンと当ててプルタブを引いた。だが、鞄の中で揺られていたのか、缶から大量の泡が噴水みたいに噴き上がった。東堂さんのコーラも泡が噴き出し、お互いの顔がびしょびしょになってしまう。

ボクらは、笑った。

仲のいい小学生同士のように、互いに目配せしながらくすくすと。

「……笑うと、心が浄化されますね」

ボクは、清々しい顔つきになった。そして、「心は、折れてからが勝負ですよね」と自分に言い聞かせるように告げたボクに、東堂さんはこう返した。

「違うよ。心は、死んでからが勝負だよ」

もう一曲、セッションいこう。そう続けて鍵盤に手をかけた彼は、失敗すれば、もう一度やればいい、とボクに伝えているような気がした。

細くて長い指が、ゆったりと鍵盤に触れた。足元のペダルにそっと右足をあてがい、体重を預けるように踏み込んでいく。

一定のリズムで奏される美しいイントロに、フロアの喧噪《けんそう》が、潮が引くように消えていった。

音が、透き通っていた。

何かのヒーリング音楽のようで、優しくて、切なくて、

それでいて、力強い。

八月末に、東堂さんに提案された。

「今度、『戦場のメリークリスマス』をセッションしないか?」と。

高校生のボクでも知っている、有名な映画のメインテーマ曲だ。メロディはシンプ

ルだが、シンプルなだけに奏者の技量が問われるだろう。

この二ヶ月、近所の公園でハーモニカの練習に明け暮れた。『戦場のメリークリスマス』のCDを買って聴き、演奏動画をネットで片っ端から視聴する。メロディを完全に覚え、マウスピースにあてがった口が勝手に動くほど練習し、楽曲が放つ空気感を体に通そうと、曲が流れる映画も何度も鑑賞した。

あとは、練習通り吹くだけ。

演奏を楽しむだけ。

のはずだったが、長いイントロが終盤に近づくにつれて、迷いが生じ始めた。

この吹き方で、本当に合っているのか、と。

東堂さんが弾く澄んだ響きに、ボクが予定している音の強さは、自己主張が出すぎるのではないか。彼のピアノの良さを、邪魔してしまうのではないか。

演奏直前になって、吹き方を変える。想像すると、指先が震えた。

でも、よりよい選択に気づきながらそれを選ばないのは、音楽を愚弄することになる。

ボクは、落ち着かせるように大きく息を吐き出した。

東堂さんが一度、鍵盤から両手を離した。再びピアノに手をかけた瞬間、ボクは静かに吹き始めた。

ピアノの邪魔をしないよう、音色に抑制を効かせながら。

無限に繰り返してきた練習が、自信を与えてくれた。自信が緊張を覆い尽くし、ボクは無心になってピアノの音色と一体になる。

楽しい。

このセッションが、永遠に続けばいいのに、と思う。

別れを惜しむようにハーモニカから唇を離すと、いつのまにか集まっていた大勢の人たちが、手を打ち鳴らした。自然発生的に起こった拍手は、やがて大きなうねりとなってフロア全体に響き渡る。

「……素晴らしいよ、明人君」

興奮気味に立ち上がった東堂さんが、ボクに握手を求めてきた。

「意図的に、音を抑えて演奏してたね。さすがだね」

ボクは、照れくさそうに一歩近づいた。差し出された手を両手で握り締めると、両目がじんわりと潤んできた。

「ところで、明人君」

椅子に戻った東堂さんが、鍵盤に両手を置いた。

「誕生日、おめでとう」

東堂さんはニコリと微笑み、軽快にハッピバースデーの曲を弾き鳴らす。

「……どうして、ボクの誕生日がわかったんですか？」

目元を指で拭いながら尋ねると、東堂さんは目で指し示した。ボクのズボンのポケットから、ハーモニカケースの先が出ている。

十歳の誕生日に母親がくれたハーモニカのケースには、名前と生年月日が印字されている。東堂さんは、このケースを見て知ったのだろう。

「誕生日おめでとう、明人君！」

「おめでとう！」

取り囲む人たちが、祝福の言葉を贈ってくれた。

子供も、老人も、馴染みの駅員さんも。

——生きるってのは、本当に大変だよね。人生で一番辛かった出来事はどんどん更新されてすぐに思いつくけど、幸せだったことはなかなか思いつかないんだよね。

以前、東堂さんが口にした言葉を思い出した。

ボクには、今日という日が、人生最幸の日に思えた。

赤みがかった夕焼け雲が、駅ビルの上空を穏やかに流れていた。人力車に追い越されたタイミングで、目の前の信号が赤になる。

今日は金曜日だから、いつもの場所に東堂さんがいる。先週お会いした時、今度また、ボブ・ディランの別の曲でセッションしよう、と提案された。今日お会いして、どの曲をやるか話し合うつもりだ。

「あ、生きてたんだ、欠席君」

後ろからやって来た誰かが、覗き込むように顔を向けてきた。その狐のような細い目を見た瞬間、内臓が揺れるほど激しく動悸《どうき》した。白金瑞穂だった。

彼女の背後には、同じクラスの女子が大勢いる。以前、ボクの髪のことをイジってきた染谷さんも。全員で、信号の先にあるファストフードにでも行くのだろう。

「欠席君は、なんで学校に来ないの？」

「鈴木先生から心臓の病気と聞いてたけど、元気そうじゃん。病気ってのは嘘なんでしょ？」

目を合わせるのが怖く、口々に発せられる言葉が誰のものかわからない。でも、癖のある声の特徴から、次に耳に届いた言葉が白金瑞穂のものであることはわかった。

「まぁ、今さら戻ってきても、留年はもう決まってるんだけどね」

「…………」

一番言ってほしくない言葉だった。部屋にこもっている時、何度も頭をもたげては瞬時に脳内から消し去っていた事実。

信号待ちが、地獄のように感じられた。青になると同時に、一目散に走り去る。

リュックに忍ばせた薬を呑もうと自販機を探していたら、パーカーのポケットに入れたスマホが鳴った。母親からだ。

「明人、今どこにいるのっ？　今日は博明が留学先から戻ってくるから、あんたも一緒に晩ご飯を食べなさい。いーい？　ちょっと、聞いてるの、明人っ？」

遊園地のゲートを出た時のように、現実に引き戻された。全身に染み込んでいた孤独感が、再び顔を出した。

薬を呑んだことで、沈んでいた気分が少し和らいできた。

無意識のうちに、ある場所に足が向いていた。「日和神社」と額が掲げられた鳥居をくぐり、手水舎で口をすすぐ。

「いつも思うのですが、神社には、急いでいる人がいないんですよね」

排水溝に水を吐き出していたら、境内の奥から松野さんが歩み寄ってきた。

「急いでいる人は、神社を訪れたりはしません。参拝される人は、振る舞いが皆様ゆったりとしておられて、神社にいると、時間の流れが緩やかに感じられます。人生に立ち止まっている人の、憩いの場所。神社はそういう空間であるべきだと、常日頃から思っております。お久しぶりです、中野様」

松野さんは、にっこりと笑った。半年前に一度お会いしただけなのに、ボクの名前を覚えてくれている。

挨拶もそこそこに、一刻も早く話を聞いてほしくて、口を開く。

「おかげさまで、あれから症状は和らぎ、精神科への通院は、二週間に一度だったのが、一ヶ月に一度になりました」

「そうでしたか。それは、よかったです」

「松野さんに、何か得意なことをやってみたらいい、と言われたことを思い出して、ハーモニカを吹き始めました。その後、浅草の駅ビルに設置された、ストリートピアノに足を運ぶようになりまして」

東堂さんとの出来事を語り始めると、松野さんは満足そうに顔を綻ばせる。

「素敵な出会いが、あったようですね」

「はい」

ボクは、短く返事をして続きを話そうとしたが、先ほど白金瑞穂に言われた言葉が頭の隅をかすめる。その途端、表情が明るさを失い、話の続きが出てこなくなる。

十一月の肌寒い風が、境内に紙屑《かみくず》を巻き上げた。季節の変わり目は、メンタルがやられやすい。風が体に残していった寒さに、前を向こうとする気力が削《そ》がれていく。

ふいに、松野さんが空を見上げた。

「あそこに、もし、風船が飛んでいたとします」

妙なことを口走り、ボクにすっと視線を向ける。

「風船が舞い上がる景色は、一見すると、幸せの象徴に思えるかもしれません。しかしながらその風船は、ため息で膨らませられている可能性もあるのです。人間も、同じではないでしょうか。外面は幸せそうに見えても、実際は心に闇を抱えていたりします」

「……」

「日和神社の先代の宮司が、生前、こう申しました。人間に臨むということは、心の表裏に臨むということ。光だけではなく、その陰影も含めて臨まないと、時として人は命を失うことになる、と。中野様」

矢継ぎ早に述べて、松野さんは眼差しを強くした。

「この神社を再び訪れたということは、心に落とす影が、まだおありなのではないでしょうか」

「…………」

心を見透かされて、何も言えなくなってしまった。

でも、ボクを見つめる松野さんの目は、鋭くもどこか温かい。彼の目を見ているうちに、口から言葉がこぼれ落ちる。

「正直、学校にはもう、戻りたくありません。でも、将来を考えると、不安で仕方がなくて。通信制の高校へ転校もできるみたいですが、新しい学校に行ったところで、またクラスメイトに無視されるような気がして」

「長い人生で欠落していた期間など、あとでいくらでも取り戻せます。若ければ、なおさらです」

「……逃げていて、いいのでしょうか」

「では、こう考えてはいかがでしょう。逃げているのではなく、休息しているだけだ、と」

「……」

「中野様は今、次のステップのために、休んでおられるのです」

微塵《みじん》の迷いも見せず、松野さんは断言する。

「……逃げてばかりだと、自分がとてつもなくつまらない存在に思えるんです」

「生きるというのは、辛いことです。しかしながら裏を返せば、生き続けていることは、辛さと戦うのを決断した証《あかし》です。ただでさえご病気で心が苦しい中、それでも戦おうとする尊い人間が、なぜこれ以上苦しむ必要があるのでしょうか」

「……」

「生きていると、誰かと出会って、傷つくこともあるでしょう。ただその一方で、救いというのは、いつだって人との出会いから始まります。あなたはそのことを、ストリートピアノでのご経験を通じて、もうわかっているはずです。いずれにせよ、学校に行くかどうかの判断は、ご自身で決めるべきだと思います。人に言われたからそうするのではなく、自分が行きたいのか、行きたくないのか、また行くべきなのか。すべては、中野様ご自身の判断で」

話を終えた松野さんは、「甘酒をご用意しますね」と、茶屋に足を向けた。すると、入れ替わりに現れた拓ちゃんが、前回同様にボクにカンチョーをしてくる。

「コラ、拓っ！」

お尻はジンジンして痛かったが、松野さんに言われた言葉が頭を離れることはなかった。

松野さんとお会いした翌日からも、ボクはハーモニカを吹き続けた。

今後どうするべきか、依然として答えは出ない。親や担任の先生が色々と選択肢を示してくれたが、一歩を踏み出すのに、まだメンタルが追いつかない。

十一月の中頃から、浅草の駅ビルに向かう頻度が落ちた。東堂さんが来なくなったのだ。

毎週金曜日に欠かさず来ていたのに、現れない。翌週の金曜日も、そのまた翌週の金曜日も来ない。ボクらの演奏を聴きにきていた人や、馴染みの駅員さんに聞いて回った。だが、誰も理由を知らないし、彼の連絡先も知らない。

師走も半ばになった、寒い日のことだった。

いずれ東堂さんが現れるのを信じてピアノのそばにいたら、どこかから、誰かに見られている気配を察した。首を巡らしてみると、フロアに続く階段の中ほどに、東堂さんが立っている。

「東堂さんっ！」

慌てて駆け寄ったが、東堂さんは背を向けて走り出す。ボクは彼を追いかけ、階段を下りたところで、後ろから右腕をガシッと摑む。

「どうして逃げるんですか、東堂さんっ？」

「……」

「最近、来ないですけど、何かあったんですか？」

東堂さんは、生気のない顔で黙り込んでいる。「どうしたんですかっ？」と辺りに響くような大声で問い詰めると、東堂さんはかすれた声を絞り出した。

「……右目も、見えなくなり始めたんだ」

「えっ」

「目の病気が、右目にも拡《ひろ》がり始めたんだよ。右目もいずれ視力を失うだろうと、医者に言われている」

ボクは、頭を整理できなかった。彼が、右目「も」という表現をしたからだ。

「……右目も、というのは、どういうことですか？」

答えを急かすように尋ねると、東堂さんはうつむきがちに語り始める。

「僕の左目は、すでにほとんど見えない」

「……」

「音大に通っている時に、目の病気にかかってね。三万人にひとりといわれる、視神経の難病だ。治療方法はなく、現代医学ではどうにもならないらしい」

なんと返せばいいのか、わからなかった。棒立ちになるボクを見ながら、東堂さんはどこか開き直ったように続ける。

「ピアノをやっていた学生時代、僕はクラシックを弾くのが生き甲斐《がい》だった。でも、左目の視力を失って、大学を辞めた。その後は、生きる気力を失ってね。この十年、いつ死んでもいいと、ずっと自堕落な生活を続けていたんだけど、半年ほど前の仕事の帰りに、ここでストリートピアノと出会ってね。衝動的に弾いてみたら、これが思いのほか楽しくてさ」

硬かった東堂さんの表情が崩れ、穏やかな面持ちになる。

「ピアノに触れるのは、大学の時以来だった。スピードと精度を求められるクラシックはさすがに弾けないけど、簡単な曲なら片目でも充分こなせた。そうこうしているうちに、君と出会ったんだよ、明人君」

「……」

「にしても、人生というのは、うまくいかないもんだね。君とのセッションを通じて、ようやく前向きになり始めた矢先に、今度は右目のほうも見えなくなるなんてね。いずれにせよ、僕はもうピアノを弾けない。今までありがとう、明人君。楽しかったよ」

「ちょ、ちょっと待ってください、東堂さんっ！」

行き過ぎようとする彼の肩に手を当てたが、東堂さんはボクの制止を振り切って駆けだしていく。

その日の夜、気になったボクは、ネットの検索窓に「東堂直樹　ピアニスト」と打ち込んだ。

すると、東堂さんが取材を受けている古い記事が、いくつか出てきた。

「百年にひとりの神童」

「浅草が生んだ、天才ピアニスト」

どの記事も、これ以上ない表現で東堂さんを賞賛している。

以前、ピアノはかじった程度だ、と言っていたけど、やっぱりすごい人だったたか。

子供の頃からやっていたピアノを、病気でやめざるを得なかった辛さは、察するに余りある。

ボクもし、病気でハーモニカが吹けなくなったら、生きていけない。ボクでそうなのだから、東堂さんが受けたショックは、計り知れないものだろう。

「――なるほど。ご友人が、そんな大変なことに」

翌日、ボクは日和神社に出向いた。どうすればいいかわからず、東堂さんの病気の件を松野さんに相談することに。

松野さんは腕をぎゅっと組み、口を真一文字にして考え込んでいる。しばらくして組んでいた腕をほどき、重い息をついた。

「何か手を打たないと、ご友人は、取り返しのつかないことになるかもしれません」

遠回しに告げられたその言葉が何を意味しているのか、すぐに理解できた。ボクも、だからこそ思い悩んでいるのだ。

「……ひとつ、お聞かせください」

松野さんの眼差しに、力がこもった。

「中野様は、そのご友人を、どれほど大切に想われているのでしょうか」

「……どれほど？」

「ええ。追い詰められた人間を思いとどまらせるのは、並大抵の気持ちでは無理です。それは、あなたが一番ご存じのはずです。お聞かせください、中野様。あなたは、そのご友人を――」

「自分の命と同じぐらい、大切に想っています」

松野さんの言葉が終わらないうちに、自然と口が開いた。

「ボクの人生を変えてくれた、かけがえのない人なんです」

「………わかりました」

松野さんは、小さく息を吐き出した。そして、ボクの胸にしっかりと打ち込むように告げた。

「その方を助けられるのは、中野様しかいません。……私に、考えがございます」

その日の夜、ボクは駅ビルのいつもの場所に出向いた。馴染みの駅員さんに許可をもらい、ビル一階にある伝言板に、用意したものを貼り付ける。目の悪い、東堂さんでも見えるように大きな字で書いた、特大の画用紙を。

『東堂さんへ。来年の一月八日、夕方の五時に、いつもの場所に来てください。お見せしたいものがあります。あなたが来てくれると、信じています。中野明人』

この宣言をしたからにはもう、引き返せない。

覚悟を決めて、やるしかない――。

グランドピアノを取り囲むように、円になって人だかりができていた。若い女性を中心に、ざっと三十人以上はいるだろう。

伝言板の貼り紙を見て来たのか、見知っている顔も散見される。ありがたいことだが、いやが上にも緊張が高まってくる。

改札を抜けてくる人の数が増え始めた頃、誰かが階段をこつこつと上ってきた。東堂さんだ。

来てくれたことに、ほっと胸を撫《な》で下《お》ろしたが、歩き方が今までよりもぎこちない。右目の病気が進行しているのだろう。

ピアノのそばに来た彼は、先月会った時よりも血色が悪い。頬の肉も若干落ち、しばらく散髪に行っていないのか、襟足もかなり伸びている。そのことが気恥ずかしいのか、それとも少し遅刻したことが後ろめたいのか、ボクと目が合うと彼は気まずそうに視線をそらす。

ボクは東堂さんに、深々と一礼をした。そのまますぐにピアノの椅子に座り、落ち着かせるように太い息を吐き出す。

譜面台の上に、ハーモニカを置いた。

このハーモニカが、ボクに自信をくれた。

このハーモニカが、東堂さんとの縁をつないでくれたのだ。

ボクは、ゆっくりと弾いた。

ピアノで。

スタンドバイミーを。

戦場のメリークリスマスを。

「中野様がお弾きになろうとしている曲は、それほど難しい楽曲ではございません」

そう言ってピアノを教えてくれたのは、松野さんだ。

松野さんは、小学生の時から高校まで、ずっとピアノを習っていたらしい。大人になってからも演奏していたそうで、社務所の奥に設置したピアノを、今でも気分転換に弾くことがあるらしい。

元よりピアノの素養があったのか、それともハーモニカで音階に触れていた経験が活《い》きたのかはわからないが、ある程度弾けるようになるまで、それほど時間はかからなかった。日和神社に通って練習を繰り返しているうちに、メロディラインを覚えると、楽譜なしで弾けるまでになった。

鍵盤からすっと手を離すと、長い熱心な拍手が起きた。いつのまにか、聴衆は百人近くまで増えている。

「……どうやって、ピアノを？」

椅子に腰かけたまま聴衆に頭を下げると、一番聴いてほしかった人が、不思議そうな顔を向けてきた。

「何事も、死に物狂いでやれば、できないことはないと思います」

この言葉は、松野さんの受け売りだ。

この言葉を頼りに、実際、ボクは死に物狂いでやった。

時には深夜にまで神社に通い詰め、松野さんに教えを乞いながらやった。

ピアノの稽古を。

とりわけ、

目隠しでピアノを弾く練習を。

松野さんは以前、ボクに言った。

「ご友人に生きる気力を取り戻させるためには、目が見えない状況でもピアノが弾けることを、身をもって証明するしかございません」と。

そして、しっかりとした口調でこう続けた。

「人の心が動くのは、いつだって相手の本気の熱量に触れた時です。今のあなたには、人の心を動かせるだけの熱量がある。だから、おやりなさい」

ボクは、ズボンの左ポケットから白い布を取り出した。

長いその布を二つ折りし、受験生が鉢巻きをするように、両目に巻きつけようとする。

だがその瞬間、心臓が跳ね上がった。ねっちょりとした陰鬱な影が、全身に隈《くま》なく張りついてくる。

聴衆の中に、ボクが通う高校の生徒がいた。面識はない生徒だが、その制服を目にするや、高校での嫌な出来事が脳内になだれ込んでくる。

遠足の班決めで、ひとりだけ余ったこと。

遠足で、班のメンバーにハブられたこと。

クラスメイトに、癖っ毛君と馬鹿にされたこと。

クラスのみんなに、舌打ちされたこと。

ボクは布から手を離し、両手を膝に置いた。

自分を取り囲む人たちが、全員敵に思えてきた。

カッコつけて目隠ししたはいいものの、失敗したらどうしよう。

これだけ多くの面前で、弾けなかったら大恥だ。なんて言い訳すればいい？

誰かに、笑われないだろうか。

にらまれないだろうか。

舌打ちされないだろうか。

それが心配だったらいっそのこと、弾くのはやめにしたほうがいいのではないか？

気持ちが錯綜《さくそう》して、手が小刻みに震え始めた。

もしものために、ズボンの右ポケットに、精神安定剤を入れてある。

薬を呑もうとポケットに手を突っ込んだその時、誰かがボクの右肩に手を当てた。

「……落ち着きなさい」

ゆっくりと首を向けると、真横に母親が立っている。

「……なんで、母さんが、ここに？」

きょとんとするボクに、母親は見せつけるように鼻から息を吐き出す。

「最近、あんたの様子がおかしいから、気になってこの前あとをつけてみたのよ。日和神社の宮司さんに、あんたが何をしているか全部聞いた。まさか、私に隠れてピアノの練習をしているとはね。……ところで」

母親が、ピアノに視線を移した。

「私が買ってあげたハーモニカ、まだ使ってたんだね」

「……」

「落ち着きなさい、明人。お母さんが、隣についてるから。心配しなくても――」

母親はそこで言葉を一度止めて、気持ちのこもった声で言った。

あんたなら、必ずできる、と。

それは、練習で腫らしたその指を見ればわかる、と。

肩に乗せられた母親の手の重みに、覚えがあった。

十歳の誕生日に母親が買ってくれたハーモニカを、ボクはずっとうまく吹けなかった。そんなボクを、母親はいつも隣に来て、見守ってくれた。ボクの右肩に、そっと手を当てて。

初めてうまく吹けた時、母親は大きな拍手を送ってくれた。

ボクにハーモニカの楽しさを教えてくれたのは、母親なのだ。

譜面台の上に置いたハーモニカを、じっくりと眺めた。

この古びたハーモニカは、いつだってボクに勇気をくれる。

ボクは、ポケットの中のクスリを、右手でぎゅっと握りつぶした。

胸に、照明が灯《とも》るような感覚があった。

体の深いところから息を吐き出すと、手の震えがぴたりと止まる。

ボクは、白い布で両目を覆った。足元のペダルに右足を乗せ、鍵盤を左側から手で触り、スタートの指の位置を確認する。

ボクは、弾いた。

ハーモニカで、初めて吹いた曲を。

東堂さんと、初めてセッションした曲を。

風に吹かれて、を。

指先に、全神経を集中した。

なまじ練習しすぎたために、間違って弾いてしまうと、瞬時にミスを理解する。

でも、気に留めないでそのまま弾き続けた。

なぜなら、

楽しかったから。

視界はなくとも、奏でる音楽が、目の前に風景を連れてくる。

東堂さんは以前、アメリカの草原でピアノを弾きたい、と言っていた。

彼の望むその情景が、今のボクにははっきりと見える。

ハイウェイに面した草原で、誰かがピアノを弾いている。

なぜ、人は生まれてくるのだろう？

なぜ、人は争うのだろう？

なぜ、人は生きるのだろう？

風に吹かれて、
ぼんやりと、そんなことを考えながら。

三分にも満たない短い曲を弾き終えた時、八十八本ある鍵、すべてに感謝したい気持ちになった。

ボクは、ゆっくりと目隠しを取った。

夢から覚めたようにぼんやりするボクを、万雷の拍手が迎えてくれた。

目に映るすべての人が、手を打ち叩きながらボクを見つめている。

駅員さんも。

母親も。

そして、
東堂さんも。

全身に帯びる、熱気を感じた。

うつと診断されて以来、全身に張りついていた焦りや罪悪感が、グラデーションのように少しずつ薄れていくのを感じる。

「……東堂さん」

ボクは、椅子から立ち上がった。

「音楽に、うまいもヘタもないと思います。好きだから、弾く。楽しいから、歌う。音楽とは本来そういうものだと、東堂さんは以前、ボクにおっしゃってたじゃないですか」

「…………」

東堂さんは下唇を嚙み、黙りこくっている。

だが、やがて静かに口を開く。

「……僕には、母親がすべてだった」

東堂さんはそう告げて、訥々《とつとつ》と語り始めた。

「母親を喜ばせるために、子供の頃からピアノを弾き続けたんだ。でも、最愛の母親は、亡くなってしまった。それ以降、僕は生きる意味を見失った。目の難病で、僕はもうすぐ両目とも見えなくなる。そんな僕に、生きていく意味などあるのだろうか？」

言葉を返そうとするボクを手で制し、ボクの母親が東堂さんに一歩近づいた。

「亡くなられたお母様は、あなたがピアニストとして成功するのを望んだんじゃないよ。あなたが、幸せになってくれるのを望んだのよ。親というものは、我が子が幸せになってくれるなら、本当はどんな形だっていいの。私は今日、息子が幸せそうに音楽を楽しむ姿を見て、そのことに気づかされた。私が、あなたのお母様に代わって、言います。東堂君。生きなさい。……生きなさい」

「…………」

強い眼差しのまま、母親は東堂さんから視線を外さない。

しばらくして、東堂さんが、長い息を吐いた。

観念するように、そして、どこか決意するように。

「ところで、遅れましたが、東堂さん。お誕生日、おめでとうございますっ」

ボクは、ハーモニカをくわえた。軽快に、ハッピバースデーの曲を吹き鳴らす。

以前の会話の中で、ボクは東堂さんの誕生日を知った。ピアノ演奏の日を今日にしたのは、彼の誕生日だからだ。

「東堂さん、誕生日、おめでとう！」

ほどなく、聴衆のひとりが叫んだ。

「おめでとう、東堂さん！」

「東堂さん、おめでとうございます！　一曲、お願いします！」

フロアに飛び交う声を聴いて、東堂さんは表情を崩す。

「……心は、折れてからが勝負か」

そう呟《つぶや》く彼に、ボクは意気揚々と返した。

「いいえ。心は、死んでからが勝負です」

上機嫌に目を細めた東堂さんが、ピアノの椅子に座った。

鍵盤に手をかけたのを見て、ボクはハーモニカに唇をあてがった。


一月の冷たい風が中庭の葉を鳴らし、鼻っ面を殴りつけた。見知った顔を横目に、風から身を守るように肩をすぼめて昇降口に向かう。

自転車で正門をくぐる時、まるでそこが境界線のように思えた。勝つ側と負ける側、あるいは、光と影の境界線に。

昨晩、布団にこもりながら、高校に戻ると決めた。今年の四月から一年生をやり直すことになるが、もう明日から行く、と。

今朝、母親に高校に戻る旨を伝えた。母親は目を潤ませ、「昨日のピアノ、素晴らしかったわ」と、ボクを褒めてくれた。母親とは色々あったけど、今となっては申し訳ない気持ちのほうが強い。

階段を上りながら、息が弾んだ。緊張で顔は強張《こわば》っているが、以前遅刻した時ほどではない。昨晩はあまり眠れなかったが、心地いい疲労感があって、眠くもない。

四階の教室の前まで来た。戸をじりじり引くと、クラス中の視線が刺さった。ありがたいことに、去年の四月と同じ場所に、ボクの席を残してくれている。誰とも目を合わせないようにして、席に向かう。

「欠席君、まだ生きてたんだ」

白金瑞穂が、席に着いたボクの隣に来た。軽蔑するような眼差しを向ける彼女に、ボクは言い放つ。

「お前、自分に自信がないから、そんなこと言うんだろ？」

顔を赤くする彼女から目をそらし、ボクは鞄から教科書を取り出した。

「――そうでしたか。本当に、よくがんばられましたね」

その日の放課後、ボクは日和神社に出向き、東堂さんとの一部始終を松野さんに報告した。「血の滲むような努力が、実を結びましたね」と、松野さんは湿っぽい目でボクをまじまじと眺める。

「中野様のピアノのことを、勝手にお母様にお伝えしてしまって、申し訳ございませんでした」

「そんなのは、いいんです。色々とご助言くださって、本当にありがとうございました。それとおかげさまで、今日から学校に戻りました。うつのほうも、薬なしでなんとかやっていけそうです。これからは勉強をがんばって、大学進学を目指します」

「それは、素晴らしい。ですが、うつというのは、回復期が一番危険だと言われています。どうか、ご無理をなさらないように」

釘を刺す松野さんに、ボクは神妙な面持ちで首を縦に振る。

ボクは、決めていた。高校を卒業したら、音大に進学する、と。

ハーモニカだけではなく、音楽というものを、基礎からじっくりと学びたい。

日和神社に来る前に、ボクはいつもの駅ビルに出向いた。見慣れたグランドピアノに近づくと、鍵盤の上に、折り畳まれた白い紙が置いてあった。

東堂さんが、ボクに残した手紙だった。

『答えは、風に吹かれている。ボブ・ディランの歌詞の中で、一番好きな一節だ。まぁ、とりあえず生きながら、風に聞いてみるよ。友よ。いつかまた、どこかのストリートピアノで』

手紙のそばに、缶のコーラが一本置いてあった。手紙の末尾に記された、『このコーラ、よかったら。心配しなくても、この缶は揺れてないから』という一文に、思わず笑いが込み上げた。

突然、境内に大きな風が吹く。決意するかのように、ボクは拳を力強く握り締める。

「ところで、これは余計なお世話だと、お思いになるかもしれませんが」

鼻息の荒いボクに待ったをかけるように、松野さんは淡々と言い放つ。

「中野様は、何事にも、真剣に考えすぎるきらいがあります。それは尊ばれることなのですが、気負いは禁物です。一歩ずつでいいんです。時折休息を挟みながら、少しずつ進んでいってください」

「……」

「生きている時間、すべてを意味のあるものにしなければ、と考えなくていいと思います。その時間に意味があったかどうかは、あとからわかるものですよ、きっと」

ボクは、松野さんの言うとおりだな、と思った。

すべてを真面目に生きようとすると、心が壊れる。力むよりも、肩の力を抜くほうが意外と難しい。この人は、なんでもお見通しなんだな。初めてお会いした時から今日に至るまで、すべて松野さんに仕組まれていたような気さえする。

「えいっ！」

突然、拓ちゃんがカンチョーをしてきた。「いい加減にしなさい、拓！」と叱りつける松野さんに、「いいんです！　いい感じで肩の力が抜けました！」と、ボクはお尻を押さえながら苦笑する。

「そこのお兄ちゃん。一局指さないか？」

以前、境内で将棋に誘ってきた若い男性が、再び声をかけてきた。「やります！」と、ボクは将棋盤に歩み寄る。

みゃあ、と鳴きながら、茶トラの猫が足下にまとわりついてきた。去年の五月、この神社にボクを連れてきてくれた子だ。ボクは猫を抱え上げ、頭を撫でながら膝の上に乗せる。

ゆっくり、一歩ずつ行こう。

ボクは胸にそう刻みながら、「歩」の駒を手にした。

第三話　私だけの物語

「ちはるさん。久我山監督の映画、なんとかお願いできませんかね？」

「無理よ」

タクシーの後部座席で遅めの昼食を摂《と》りながら、助手席に不満げな顔を向ける。

「そんなこと、言わないでくださいよ。今、久我山監督の映画に出れば、女優としてもっとブレイクできるのに」

「だから、無理だって。脚本を読んだけど、三十三にもなった今の私には、若い主人公の行動に共感できない。うちは小さな芸能事務所だし、今は利益を出さないといけない時期だってのはわかってる。でも、私は自分が共感できる役じゃないと受けない。マネージャー泣かせでごめん、喜多村《きたむら》」

窓の向こうのビルに、私が缶ビールを握っている屋上看板が見えた。私は昨秋、視聴率三十パーセントを記録したテレビドラマで、サブヒロインを演じた。演技が喝采を浴び、ビールのCMもそのドラマがきっかけで入った。

「もう少し、丸くなってくださいよ。ちはるさんは、今もっとも注目される役者のひとりなんですよ？」

喜多村は唇を尖《とが》らせ、拗《す》ねたような表情を浮かべている。

「反骨心が売りなの、私は。綺麗なだけの女優と一緒にしないで」

「もう少し関係者に気に入られていきましょうよ。デビュー当時から演技力は高かったわけだし、偉い人とうまくやってれば、もっと早く芽が出たはずなのに」

「そういう外交は一切しないから。私には、オーディション一本で仕事を取ってきたって自負があるの。売れるまで時間はかかったけど、後悔はない。すいません運転手さん、タクシー止めてください。ごめん喜多村、ちょっと用事あるから、一回出るわ。現場には、先に入ってて」

　私は、東武鉄道・浅草駅の前で降りる。大型ビジョンを見ながら、お世話になっているボイストレーニング教室に向かう。

　現在、初めての主演映画の撮影中だ。多忙で毎回三十分ほどしかボイトレできないが、時間を見つけては教室に通っている。努力は見せない主義なので、ボイトレをしているのは誰にも伝えていない。

　国道を左に折れると、オフィス街の影を成すように、さびれた電器屋や木造住宅が建ち並んでいる。晩秋の薄日に照らされる民家の前で、若いカップルが歩きタバコをしているのが目に入った。二人とも腕にタトゥーをしていて、いかにも柄が悪そうだ。でも、近くには小学校がある。下校中の小学生にタバコの火がぶつかるかもしれない。

「ちょっと、あんたたち。歩きタバコはやめなさい」

注意すると、茶髪のその男が「あん？」と細い眉を近づけてくる。

「ねぇ、この人、相沢《あいざわ》ちはるじゃない？」

隣の女が耳打ちすると、「ちょっと人気出たからって、調子乗ってんじゃねぇよ！」

と男は食ってかかってくる。

「関係ないわよ、そんなこと。いいから、歩きタバコはやめな。子供に火が当たったらどうするの」

諭すように告げたが、二人はタバコを消さない。女に、「生で見るとでかっ！」と
気にしていることを揶揄され、ますます頭に血が上る。

「はいはい、消したらいいんでしょ」

私から一歩も引かない気配を感じたのか、男は手にした缶コーヒーを飲み干し、中にタバコを捨てた。女も同様に捨てたが、去り際に「ったく、でかいくせに」とむかつく捨《す》て台詞《ぜりふ》を吐かれてしまった。

何なのよ、あの子たちは！　口内炎二つできたらいいのに！

私の怒りは、収まらない。二人と同じ方向に進むのが嫌で、ボイトレ教室まで遠回りになるが迂回《うかい》することに。

私は、かっかしながら歩道橋の階段に足をかけた。だが、ガムを踏んづけてしまう。

「あぁもう、新品の靴なのに！」

歩道橋のデッキを進んでいると、役者仲間でもある彼氏から、電話がかかってきた。

「ちょっと聞いてよ！」と、電話に出たタイミングで階段に足を下ろしたが、イライラで注意力が散漫になっている。足を勢いよく出しすぎて、つんのめった。そのまま一回転し、受け身も取れず酒樽《さかだる》が転がるようにごろごろと落ちていく。

ボキッ。

地面に仰向けに叩きつけられると、どこかが折れる音がした。


楽しい夢を、見ていた。

空を飛んでいるとか、世界一周旅行をしているとか、そんな派手な夢ではない。

夢は時として、その人の強烈な願望がビジョン化されるという。

私にとっては、それがとても楽しかった。

自分の足で、もう一度歩くのが。

「…………」

夢から覚めると、もううんざりするほど何度も見た白い天井があった。引き戻された現実に絶望しながら、ため息まじりに寝返りを打つ。無駄に豪華なこの特別個室に、いまだに慣れない。

歩道橋の階段から落下して、今日でちょうど一ヶ月になる。

救急車に乗せられた私は、浅草の春日野病院に運び込まれた。緊急手術は五時間にも及び、目を覚ますと、集中治療室のベッドの上にいた。

私に下された診断は、ろっ骨と腰椎の骨折、頭部外傷、瞼と唇の裂傷。

そして、脊髄の損傷——。

「脊髄を損傷しているので、今は両足の感覚を失っています」

担当医はさらっと説明してきたが、脊髄を損傷するのがどういう意味を持つのか、素人の私でもわかる。

「いずれ、歩けるようになるのでしょうか」

「……」

ベッドの上で顔を強張らせると、担当医は困惑したような目つきになる。

「正直に、教えてくださいっ」

「……難しい現状ですが、可能性はゼロではありません。リハビリを重ねて、奇跡的に歩けるようになった人もいます」

縫った唇が、わなわなと震えた。その言葉は、もう二度と歩けません、と伝えているのに等しい。

　腰のコルセットがはずれた段階で、院内でリハビリを始めた。上半身の力で起き上がる訓練や、ひとりで車椅子に乗れるよう練習に励む。だが、両足は、アリの歩幅ほども動かなかった。スマホで詳しく調べたところ、私の損傷レベルだと、歩けるようになるのはもう無理らしい。

　足をつねっても、何も痛みを感じない。日を重ねても、腰から下が内部から電流を流されているような感覚が常にある。

「おはようございます、ちはるさん」

　お見舞いの花を手に、マネージャーの喜多村が現れた。

　手術のあと、事務所の社長も駆けつけて、今後のことを話し合った。現在、主演映画の撮影まっただ中だ。ＣＭや写真集の撮影も控えている。社長の判断で、私の容態はスポンサーや一部の関係者を除いて、ひとまず伏せられることに。

「もうすぐリハビリの時間ですね、ちはるさん。朝ご飯、ちゃんと食べました？」

「リハビリなんかしても、歩けるようになるわけじゃないでしょ」

　陽気に振る舞おうとする喜多村が気に障り、語気が鋭くなった。

「あきらめてはいけませんよ。医学は日々進歩してますし、再生医療というものも

「ごめん、ひとりにして」

「ちはるさん……」

「いいから、ひとりにしてっ！」

私はベッドから立ち上がらん勢いで声を上げたが、悲しいかなそれでも足はぴくりともしなかった。

――

事故から一ヶ月半が経過し、自走式の車椅子を自在に操れるようになった。

私は周りの目を盗み、気分転換に病院の外に出ることにした。一部のマスコミは、私が事故に遭ったのをすでに嗅ぎつけていて、正面玄関の前で張っている。私は、つばの広い帽子を目深にかぶった。頬骨近くまで顔を覆ってくれるサングラスをし、病棟の裏口から出る。

サングラス越しとはいえ、久方ぶりに浴びる日の光が、異様なまでに眩しい。私は、病院服の上に薄いコートを羽織っただけだ。いつのまにか変わっていた肌寒い季節に、心も体もついていけない。

公道に車椅子を走らせているうちに、自分は社会の異物なんだな、という現実を突きつけられる。病院を一歩出た先には、医者もいなければ手すりもない。散々車椅子の練習をしてきたつもりだが、ちょっとした段差に怯えて体がびくっとなる。

前から来る人と視線がぶつかると、どの人もほんのわずかだが違う生き物を見るような目つきになる。役者という仕事柄、そのへんの感度が人一倍高い。すれ違う人の目に酔い、無人島にひとりでいるような、不安で落ち着かない気分をかき立てられる。

突然、橙色《だいだいいろ》の紙飛行機が、頭の上にこつんと落ちてきた。見上げると、春日野病院の窓の向こうで、髪のない少女がこっちを眺めている。健常な体であれば、病院に戻って紙飛行機を渡してあげるところだ。でも気持ちに余裕がなく、作り笑顔を返すのが精一杯だ。彼女から目をそらすと、そのまま病院を離れていく。

視線の先に、広大な森があった。入り口の前に真っ白な猫がいて、私を食い入るように見つめている。

視線を縫いつけるように見てくるのが、逆に偏見を感じなくて心地いい。近寄ると、右の前脚にひっかき傷ができていて、微かに血が出ている。仲間の猫とケンカでもしたのかな。

足の悪い自分が、眼前の猫と重なった。猫を抱きかかえ、コートのポケットから取り出したハンカチを、傷口に結んであげる。

みゃあ。

お礼を言うように、猫は小さく鳴いた。ちらちらと振り返りながら、隣の神社に移動し始める。

あとを追って参道に車椅子を乗り入れると、猫の石像が目に飛び込んできた。「日和神社」と額が掲げられた鳥居をくぐると、幸いにも境内はバリアフリーになっている。手すりや車椅子用のスロープが、至るところに配置されている。

先を行っていた猫が、拝殿の賽銭《さいせん》箱の上で視線を送っていた。近づいて頭を撫でようとしたが、右手の甲をさっとひっかかれてしまう。

「痛っ！　助けてあげたのに、なんて猫なのよ！」

唇をひん曲げる私をよそに、猫は素知らぬ顔で隣の森に入っていく。

猫と入れ替わるように、ランドセルを背負った少年がたたたと走り寄ってきた。

「冷たっ！　今度は何っ？」

丸顔のその少年が、黄緑色の水鉄砲で撃ってきた。「やめなさいっ」と注意しても、嬉々《きき》として撃ち続けてくる。

「コラッ、拓！」

奥の社務所から、宮司らしき人物が駆け寄ってきた。逃げ去ろうとする少年を後ろから捕まえ、「今日という今日は許しませんよ！」と、半ズボンを下げてお尻をぺんぺんしている。何なのよこの神社は、いったい。

「拓が、大変失礼いたしましたっ」

こちらが恐縮するほど、宮司さんが深くお辞儀をしてきた。宮司さんは「猫にも、ひっかかれたようですね」と続けると、私の後ろに回ってグリップに手をかける。

「今日は寒いので、よければ日向《ひなた》のほうに」

お押し、いたしますね。彼はそう続けると、車椅子を押し始めた。日頃から頻繁に押しているような、慣れた手つきだった。シートに座っていても、自分で漕いでいた時と違って振動が少ない。少しでも起伏のない地面を選んで押しているのがわかる。

境内隅の日が当たっている場所で、宮司さんは私の手に絆創膏を貼ってくれた。お礼を述べる私に、「少々お待ちを」と背を向けると、しばらくして、陶器のカップをおぼんに載せて戻ってきた。

差し出されたカップを受け取ると、甘酒だった。ゆっくり喉に通すと、ちょうどいい温かさの麹が、体の隅々まで行き渡る。

「……おいしい、甘酒ですね」

私は、つぶやくように言う。

「よかったです。甘酒は、呑む点滴と言われるほど、栄養素が豊富です。御《お》み足《あし》にも、効果があればいいのですが」

「……」

宮司さんは、私を見守るように隣でにっこりと微笑んでいる。

「……実は」

人柄を表すような整った歯並びを見ているうちに、自ずと口が開いていた。ストレスを吐き出すように、車椅子になった経緯を宮司さんに話し始める。

私は、役者をやっている、と告げた。宮司さんはテレビを一切観ないらしく、私のことを知らない。

「私の友人に、御み足の不自由な方がいらっしゃるのですが——」

宮司さんが語り始めるやいなや、私は、またこれだ、と険しい顔になった。その瞬間、散々優しくしてもらった恩義も忘れて、理性が飛ぶ。

「そういうの、やめてもらえないでしょうか」

私は、宮司さんの話を遮った。

「皆が皆、私を慰めようと足の悪い人を引き合いに出して、その人がいかにうまくいってるかを説いてくるんですが、その人はその人じゃないですか。他の誰かがうまくいってるからって、同じ考え方で私が幸せになれるとは思えないんです。正直うんざりなんですよ、そういうの」

私の心は、ささくれ立っていた。

「ごめんなさい……」

声を荒げたことに気づいて謝罪したものの、自分の心がとてつもなく醜悪に思えて混乱する。

私は車椅子の上から頭を垂れ、そのまま神社を出ていった。


日和神社を出た私は、病棟に戻った。

病院側の配慮で、病室のネームプレートは表示されていない。病室に入ろうとしたら、スマホが振動した。交際中の彼氏からだったが、出ない。車椅子になったことを隠すため、事故に遭って以来、彼はおろか、友人からのメールにも一切返事をしていない。

事故以来、更新が止まっているツイッターを開いて、愕然《がくぜん》とした。私が春日野病院にいる写真が拡散されているのだ。

『相沢ちはるが、病院にいたよ』

誰かが呑気に書き込んだツイートに、サングラスをして車椅子に乗っている写真が添付されている。マットに寝転んでリハビリをしている姿も。

誰かに監視されているような気がして、サングラス越しに院内を見回した。疑惑が胸に貼りつき、廊下で患者のリハビリを懸命に手伝う若い医師でさえ嘘くさく見える。

待合室の壁かけテレビで、私が出演していたドラマが再放送されていた。

「私は、木《き》ノ崎《さき》由《ゆ》衣《い》。木ノ崎由衣は、仕事をクビになったぐらいでは止まらない」

液晶画面の向こう側で、裏切った上司に私が吠えている。

感情が追いつかず、病室に戻ろうとしたら、車椅子に座ってテレビを観る女性が呟くように言った。

「いいドラマだよね、この『霞《かすみ》がごとく』は」

白髪を頭の後ろで束ねたその女性は、私にすっと視線を投げた。

「上司に盾突き、国民のために己の正義を貫く。なかなかできることじゃないわ」

三十歳の時に出演した『霞がごとく』は、私が世に出るきっかけとなった作品だ。厚労省の若い官僚を演じ、この役をきっかけに少しずつ仕事が舞い込み始めた。

表情から察するに、この女性は、私が女優の相沢ちはるであることに気づいている。刻まれた皺の中にも、品のある顔立ちを眺めているうちに、記憶の糸がつながった。

彼女は、私が小五の時にお世話になった、養護教諭だったのだ。

胸の中で、何かが弾けた。彼女と過ごした時間が、鮮やかな色彩をともなって甦《よみがえ》ってきた。


私は、本名を、田中景子、という。

群馬《ぐんま》県に生まれ、母親は遊んでばかりで育児放棄気味だった。商社勤めの父親は転勤が多く、年に何度も転校を繰り返していた。

小五の六月に、浅草の小学校に転校した。ある日、クラスメイトの筆箱が盗まれた。その日の放課後、「盗んだのは誰だ？」と、担任の先生が生徒を残して犯人捜しを始めた。クラスメイトの視線が、ひとりの女の子に注がれる。その生徒は貧しく、服やランドセル等々、兄弟のお下がりばかりを使用している。結局、犯人は見つからなかったが、担任は生徒を帰したあと、その女の子を教室に残して問いただしたのだ。

私は、担任が許せなかった。自分も教室に居残り、「なぜ、この子を犯人だと決めつけるのでしょうか？」と、彼に食ってかかる。

翌日、筆箱は見つかった。盗まれたのではなく、移動教室に置き忘れていたのが判明したのだが、プライドを傷つけられた担任は、何かにつけて私に冷たくするようになった。授業中、難しい問題を当てて恥をかかせたり、時折にらみつけてくることもあった。

七月になったある日の放課後、ペットボトルのお茶を呑みながら帰っていると、後ろから担任がやって来た。

「登下校時の飲み食いは禁止と言わなかったか、田中」

他の生徒も呑んでいるのに、彼は私だけを注意する。「今日は暑いですし、熱中症になるかもしれないので」と言い返すと、「なんでお前はいつも口答えするんだ！」と担任は逆上する。

「いちいち生意気なんだよ、お前は。もっと協調性を持てよ」

私が言い返せないでいると、「夏場の水分補給は、問題ないと思いますが」と、養護教諭の女性が現れた。

「養護教諭が、担任のすることに口出ししないでくれ」

「間違っているものは、間違っているんです。校内ルールといえども、すべて正しいとはかぎりません。今日みたいな猛暑日は、水分を補給しないほうが問題なのです」

「……あまり調子に乗んじゃねぇぞ、養護教諭」

「どういう意味でしょうか。子供たちの健康を守るのに、教師の種類なんて関係あるのでしょうか」

　担任は、小さく舌を打った。踵《きびす》を返《かえ》したのを見て、養護教諭が私に優しく微笑みかけてくる。

「こんにちは。五年三組に転校してきた、田中景子ちゃんだね」

　木村貴代子《きむらきよこ》です、と名乗った彼女は、私のことを知っていた。

「にしても、担任によく言い返したね、あんた」

「ごめんなさい」

「なんで謝るのよ。褒めてるのよ、私は。あなたは、間違っていません。それと前に、筆箱を盗んだ犯人あつかいされたクラスメイトを、助けてあげたんだって。やるね、あんた。かっこいいわ」

　転校を繰り返す中で、私は今までどの担任にも、もっと空気を読め、協調性を持て、と指導されてきた。周囲から浮いていることを注意されてきたが、木村先生だけは違ったのだ。

「もし何か困ったことがあったら、いつでも保健室に来なさい。それと――」

　先生は、ポケットから小さな台紙を取り出した。

「今日、あなたはがんばったので、この台紙に『よくできましたシール』を貼っておきました。このシールが貼られるということは、あなたが成長した、ということです。これを、持っていなさい」

先生は口元に優しい笑みを浮かべ、台紙を手に握らせてくれた。

あくる日から放課後になると、私は保健室を訪れるようになった。転校を繰り返しているので、友達はできない。いつ保健室に行っても、木村先生は嫌な顔ひとつせず、私の話を丁寧に聞いてくれる。

木村先生と出会ってから、担任の先生は冷たくしてこなくなった。人づてに聞いた話だが、木村先生が職員会議で担任を叱責し、態度を改めさせてくれたらしい。

ある日の放課後、私は木村先生に相談した。

「昔から、空気を読むのが苦手なんです」

「わかるなぁ。私もそうだから」

先生は腕を組み、笑みを浮かべてうんうんうなずく。

「空気は、読んだほうがいいのでしょうか？」

「読まなくていい」

即答だった。

「空気というのは、その場の多数派の心理、ということね。クラスメイトが二十人いて、十一人以上の意見がそろった場合、その十一人に自分を合わせようとするのが、空気を読むということなの。で、空気を読まないといけない状況は、確かにあります。たとえば、授業で先生が真面目な話をしているのに、聞かないで隣の席の子と雑談をするのは、空気を読めてなくてダメです。ただし、自分の生き方に関しては、空気を読む必要など一切ありません」

先生は、凜《りん》とした顔つきになる。

「子供には難しい言葉になるけど、日本語に、信念、という言葉があってね。信念というのは、周りの意見に耳を傾けたあとに、自分の想いをろ過してそれでも残った感情のことをいうの。平たくいうと、自分の中の正義、それが信念」

話の途中で、保健室の電話が鳴った。でも、先生は電話に出ない。話の邪魔をされたくないのだろう。私の相談に、真剣になってくれているのが伝わってくる。

「空気が読めないから、友達ができないのでしょうか？」

私は、一番知りたいことを訊いた。

「うーん、どうだろうね。でも、生き方を曲げないと友達ができないなら、ひとりでいいんじゃないかしら。景子ちゃんは、友達がいなくて、寂しい？」

「寂しいです」

「だよね。でも友達がいないのは、寂しくても、恥ずかしいことではないの。自分の生き方を曲げたくなくて、昼休みにひとりでお弁当を食べることになっても、恥ずかしいと思わなくていい。そもそも私なんて、あと四年で五十歳なのに、独身よ。ちょっと、私の恋愛相談に乗ってよ、あんた」

私は、うふふ、と笑った。私につられるように、先生も表情を崩す。

保健室で悩みを話すと、先生はいつも、「よく胸の内を明かしてくれたね」と褒めてくれた。去り際には、『よくできましたシール』を必ず貼ってくれる。私は、そのシールを貼ってもらえるのがとてもうれしかった。

一学期が終了する直前、私は再び転校することになった。木村先生と過ごした時間は、たったの二週間だ。短い期間だったが、この二週間は、私の学校生活の中でもっとも印象深い時間になった。

病室のトイレから出て、ふぅとため息をつく。特別な個室だけに、手すり等々使いやすくなっているが、便器に座る行為ひとつとっても骨が折れる。

なにより、自分がもう普通の体ではない現実を突きつけられて、毎度気が滅入る。

担当医にオムツを勧められたが、断った。今後、外で間に合わずに漏らしてしまう姿を想像すると、胃が焼けるような焦りを覚える。

トントン、と病室の扉が鳴った。マネージャーの喜多村かな、と扉を引くと、見知らぬ中年男性が立っている。

「こんにちは。週刊報道の山田《やまだ》と申します」

浅黒い顔をしたその男が、名刺を差し出してきた。

「相沢さん、今回のケガについて教えてもらえないでしょうか。ファンのみんなも、詳しい情報を知りたがっています。一度、会見を開いて、説明して――」

「私の友人に、何か御用かしら？」

扉を閉めようとしたら、外で誰かの声がした。扉の隙間から覗くと、若い女性の看護師に車椅子を押されて誰かが近づいてくる。木村先生だった。

「マスコミというのは、病院の中まで押しかけてくるのね。いくらなんでも、無礼がすぎるんじゃないかしら」

「誰ですか、あなた？」

「いいから、帰りなさい。帰りなさいっ！」

先生の剣幕に驚いて、男は決まりが悪そうに立ち去った。入れ替わりに、先生が扉の前までやって来る。

「少し、お話でもしましょう。私の病室に来なさい」

昨日、待合室で見かけて以来、先生とゆっくり話をしたいと思っていた。サングラスをつけた私は、先生の後ろを車椅子でついて行く。

病棟の角部屋に、木村貴代子、とネームプレートがあった。先生の個室は、私の病室と違って、質素でこぢんまりとしている。看護師に支えられて、先生は電動ベッドに仰向けになった。私たちに気を遣ったのか、看護師はリモコンでベッドの背を上げると、会釈をして病室を出ていった。

「……ごはんは、ちゃんと食べれてる？」

ベッドのそばに寄った私に、先生はすっと視線を投げた。私は、絞り出すような声で、いえ、あまり、と返す。

「そう。別に、無理して食べなくていいよ。一週間食べなくても、人間は死なないから。ところで、綺麗な藤でしょ、これ」

先生が、ガラスの花瓶に挿されたピンクの花を愛おしそうに撫でた。

「アパートの隣の人が、持ってきてくれたのよ。造花を人工水に挿したものなんだけど、本物みたいでしょ。ちなみに、藤の花言葉は、優しさ。藤だから、不死《ふじ》、って捉え方もあるみたい。素敵なメッセージよね」

同意を求めるように目を向けられ、私は力なく微笑む。

その後も、他愛のない話が続いた。雰囲気から察するに、先生は私を覚えていないようだ。考えてみれば、二十年以上も前に少しお世話になっただけなので、覚えているほうがおかしい。小五の時にお世話になった田中景子です、と名乗ろうと思っていたが、やめることに。

「……にしても、人生は、山あり谷ありよね」

ふいに、先生は遠い目をした。

「不思議なもので、山があったあとには、必ず谷があるのよね。でも、その谷を乗り越えたら、次にまた山が来る。程度の差こそあれ、どの人の人生も、それを繰り返しているのよね」

「……」

「生きていると、流れに任せるしかないこともある。流れるプールに逆らっても、結局は流されるでしょ」

先生は矢継ぎ早に告げて、「ところで、ひとつお願いがあるんだけど」と顔を近づけてきた。

「リモコン、止めてもらっていい？」

「えっ」

「あなたの膝がリモコンに当たって、私の足が上がってきてるのよ今」

ベッドの柵に引っかけられたリモコンを確認すると、足の「上がる」のボタンに右膝が当たっている。足を上げすぎたせいで、先生の腰がベッドの中央で折れてしまっている。

「あ、ごめんなさいっ」

慌ててリモコンを手にすると、先生は薄い笑みを浮かべながら言った。

「私の腰まで、谷にしないでよね」

リモコンのボタンを押しながら、じわじわと笑いが込み上げてきた。ふふ、と喉の奥から押し出されるように声が出る。思えば、声に出して笑うのは、事故に遭って以来初めてだ。

「さぁ、笑ったついでに、少し休憩しましょう。そこの冷蔵庫に、ケーキが入ってるから取って。担当医の許可なく食べるのは禁止されてるけど、内緒で一緒に食べましょう」

不思議なものだ。先生と言葉を交わしていると、落ち込んでいた気分が和らいでくる。

昔、保健室にいた時と同じように。

私は、隅にある小さな冷蔵庫の扉を開いた。ケーキの入った小箱を先生に渡し、サングラスを静かにはずした。

「――そう。あなたは、お酒が呑めないのね」

木村先生が、意外そうな表情を浮かべる。

「昔から、周りはみんな、強そうなのに、と口をそろえて言うんです。背が高いので、そう思われるんですよね。この歳になっても、身長が百七十四もあるのが、いまだにコンプレックスで」

愚痴をこぼす私に、先生は言う。

「どんな人間にも、肉体的なコンプレックスはあるわ。部位と程度が違うだけで、女優のオードリー・ヘプバーンだって、長身と足が大きいのを気にしてたみたいだからね」

「そうなんですか」

「そうよ。だから、もし劣等感を覚えたら、相手に勝っていると思う部分に意識を向けて前を見なさい。ちなみに私は、足が太いのがコンプレ。でも、こう見えて、胸は大きい。若い頃、足の太さをよく馬鹿にされたけど、あんたより胸大きいからね私は、と内心思ってたね。そういうふうに強気でいきなさい、あなたも」

私は、時間ができると、木村先生の病室に通った。マネージャーの喜多村を中心に、私の病室に来る関係者が何かと仕事の話をしてくる一方で、先生は私のケガの件には一切触れてこない。

木村先生は、私が女優の相沢ちはるであることにも言及してこない。私は私で、昔お世話になった田中景子であると名乗らない。その不思議な関係が心地よく、先生と話している時だけは嫌なことを忘れられる。

突然、私のお腹が情けない音を発した。食欲がなく、最近、病院食を残してばかりいる。

「あなたは、食べ物は何が好き?」

お腹が鳴ったことには触れず、先生が話を振ってきた。

「私は、お寿司《すし》が好きです」

「私もお寿司は大好き。ネタは、何が一番好き?」

「そうですね。イクラですかね」

「イクラ、おいしいよね」

「木村さんは、何がお好きなんですか？」

「私は、かっぱ巻きかな」

私が不思議そうにすると、先生は説明する。

「味ももちろんおいしいんだけど、かっぱ巻きはなんか、いじらしいのよね」

「いじらしい？」

「そう。派手なお寿司に囲まれて、よく善戦してると思うのよ、あの子は。だって、キュウリが入ってるだけだよ、あの子。キュウリ一本で高価なマグロと争ってそれなりに人気あるって、すごいことだと思うのよ。私は生まれが貧しかったから、自分と重なるところもあって、なんか応援したくなるのよね。お寿司屋さんに行くと、毎回たくさん食べる。安いから、店の人はいつも嫌な顔をするんだけどね」

優しい眼差しが、木村先生らしいな、と思った。

木村先生なら、何を伝えても、受け止めてくれるだろう。私は、幾度となく喉から出かかっていた話を打ち明けることに。

「……私の友人に、事故に遭って、両手が使えなくなった人がいるのですが」

「どういう言葉をかければ、元気を出してもらえるのかな、と思いまして」

私は、主語を友人にして、ケガも足ではなく手だということにした。事務所の社長に、歩けなくなった事実はまだ誰にも伝えるな、と釘を刺されている事情もある。しかしなにより、私のケガの事実を伝えると、先生との心地いい関係が崩れそうな気がしたのだ。

先生が、私から視線を外した。あごに手を当てて少し考えたのち、静かに語り始めた。

「同じ辛さを経験したことがない人間が、その辛さに対して簡単に意見を言うべきではないというのが、私の考え方です。特に体が不自由になったとなると、その人にしかわからない辛さがあるでしょ。何も知らない人間が、がんばれと声をかけたところで、その人の心に届くわけがないのよ」

「……」

「だから、私がその方に、何かアドバイスできるとしたら」

先生はそこで少し間を取り、目に力を込めた。

「やってきた過去を信じなさい、と伝えます」

「やってきた過去……」

「そう。生きていると、辛い出来事がたくさんある。今があるというのは、辛さを克服してきた実績があるということ。私のように七十近くにもなると、よくここまで生きてきたなと、どこか誇らしく思えたりするのよね。生きているというのは、もうそれだけで立派だと思う。だから、辛い出来事に勝利してきた自分を信じて、あとは次の山が来るのを待てばいい。必ず、山は来るから」

「………」

耳に入ってくる言葉は、私に直接語りかけているようだった。

先生はおそらく、今の話が私自身の話であることに勘づいている。先生の熱量とは裏腹に、自分が姑息なことをしたような気がして、先生の顔を見られなくなった。


駅前に、聴き慣れたクリスマスソングが流れていた。赤と白で彩られたショーウィンドウを横目に、サンタ帽をかぶった車夫が人力車を引いていく。クリスマスまで一週間を切って、街全体がどこか浮き足立っているように感じられる。

私は気分転換に、車椅子で街に出た。サングラスをし、病院服ではなく、マネージャーの喜多村に自宅から取ってきてもらった私服に着替えている。

お気に入りのチェスターコートを羽織っていると、以前の相沢ちはるに戻れたような気がして、心が安らぐ。ベージュのコートに合わせて、靴はモカ色のショートブーツにした。

日中の人通りの少ない歩道を、車椅子を漕いでいく。しばらく進むと、見覚えのある歩道橋が視界に飛び込んできた。接近するにつれて、顔が急速に引き締まってくる。

落下した階段の前まで来ると、緊張や恐怖は消し飛び、獰猛《どうもう》なまでの怒りに駆られた。歩道橋を構成するすべてを、細部に至るまで、大きなハンマーで粉々にしたい。

歩道橋を見上げていると、渦巻く憤りを侵食するように、強烈な後悔が頭をもたげてきた。

あの時、浅草でタクシーを降りていなければ。

あの時、途中で道を迂回さえしなければ。

あの時、もう少し冷静に歩道橋を下りていれば。

凍《い》てつくような風が、コートの上から遠慮なく突き通ってくる。あまたの後悔に身を切られていたら、来た道の方角から、若いカップルが腕を組みながら近づいてきた。

記憶に刻まれたその二人に、全身の血が沸騰した。性懲りもなく、今日も女のほうがタバコを吸っている。

二ヶ月前のあの日、この子たちが歩きタバコなんてしていなかったら――。

「こんにちは。相沢ちはるだけど？」

私は嫌味たっぷりに告げて、投げ捨てるようにサングラスをはずした。

「あ、また出た」

歩きタバコを注意されると思ったのか、女がタバコを地面に捨てた。

「あ、やっぱり車椅子なんだ、今」

茶髪の男が、呑気な声を上げて私をじろじろ見始めた。隣の女が、「この前ネットで、事故でもう歩けなくなったと噂になってたけど、本当だったんだ」と、捨てたタバコを足で消す。

「誰のせいで車椅子になったと思ってんの！」

事故に直接関係ないとはいえ、怒りをぶつけずにはいられない。

「はぁ？　気の毒なのはわかるけど、オレらは関係ないっしょ」

「関係あるわよ！」

「妙な言いがかりはやめろよ！」

怒声が交錯する中、女が「もう、行こう」と、男のジャンパーの袖を引っ張った。

遠ざかる背中を追いかけようとしたが、車椅子の車輪が地面の隙間に挟まって動かない。

「ちょっと、待ちなよ！」

怒りに我を忘れて、車椅子から立ち上がろうとしていた。手すりに体重を預けて踏ん張ろうとしたが、腰から下に全く力が入らない。誰もいない歩道に、前のめりに倒れ込んでしまう。

「………」

何もできずに天を仰いでいると、ポケットのスマホが鳴った。マネージャーの喜多村だ。助けに来てもらおうと電話に出るが、告げられた話に言葉を失ってしまう。

撮影がストップしていた初めての主演映画が、主役を差し替えて撮影し直す、というのだ。

「そんな……」

声にならない声が、唇から漏れた。

私は今回の映画のために、体重を絞った。

仕事も制限した。

ボイトレにも励んだ。

もう、どうでもよくなった。力なく電話を切ると、張り詰めていた緊張の糸がぷつんと切れた。ずっと尿意を我慢していたが、自力でトイレまで移動できず、この場で失禁してしまう。

お気に入りのチェスターコートが、湿り気を帯びているのを感じた。初めての主演映画が決まった時に、自分へのご褒美として買ったコートが。

再び、電話が鳴った。出る気力がなくて無視していたが、いつまでたっても着信音が止まらない。ディスプレイに目を落とすと、交際中の彼氏だった。

「もしもし」

「やっと、出てくれた。何回電話したと思ってんだよ」

「……ごめん」

「まぁ、いいよ。で、さっそくだけど、忙しいだろうし、手短に言うな。ごめん、別れてくれ」

「……えっ」

唐突すぎて、状況が呑み込めない。でも、彼が別れたいと思った理由だけは推測できる。

「誰かから聞いたの？　私が車椅子になったって？」

「……」

電話の向こうに、沈黙ができた。

「別れたいのは、私が車椅子になったからなの？」

「……違うよ」

「正直に言いなよ！　こんなややこしい女と関わるのは嫌だから別れるんで――」

不快感を示すように、電話は一方的に切られた。

「大丈夫ですか？」

「……」

「大丈夫ですかっ？」

「……」

私の顔を覗き込みながら、誰かが手を貸そうとしてくれている。だが、人間不信になって、差し出された手に画鋲《がびょう》が握られているように思える。

ふいに、何かとついていない過去の出来事が脳内になだれ込んできた。

転校ばかりで友達ができず、ろくな学校生活を送れなかったこと。

対人運に恵まれず、役者として芽が出るまでに時間がかかったこと。

役者としてようやくチャンスを摑んだのに、ケガをしてもう歩けなくなったこと。

自分は、なんて運のない人生なんだ――。

ねっちょりとした絶望的な気分が、胸全体を覆い尽くすように拡がってきた。

「大丈夫ですか？　大丈夫ですかっ？」

耳に届く声をどこか遠くで聞きながら、私はいつまでもこの場を動けなかった。


人影のない境内に、車椅子の車輪が砂利を踏みつける音だけが響いている。

目の先に、枯れ枝に覆われた藤棚がある。中央にベンチが置かれ、全体的に手入れが行き届いている印象を受ける。来年の春には、きっと綺麗な花を咲かせるのだろう。

コンビニのトイレで下着を履き替え、日和神社に足を向けた。まだ、病院には戻りたくない。どこか静かな場所に行きたかった。

絵馬かけの前を、宮司さんが竹箒で掃いているのが目に入った。私に気づくと、掃除の手を止めてお辞儀をしてきた。

「先日は、失礼なことを言って、申し訳ありませんでした」

車椅子の上から、前回の非礼を詫《わ》びた。

「とんでもございません。私のほうこそ、ご無礼をいたしました」

私よりも深く、宮司さんは頭を下げてきた。

宮司さんは、何も悪いことをしていない。でも、この人は本気で自分に非があったと思っているのだろう。いまだ上げようとしない頭が、彼の誠実さを物語っている。

宮司さんが突然、私の前で盾になるように両腕を広げた。どこかから、水が飛んでくる。

何事かと注視すると、絵馬かけの隙間から、水鉄砲の先が出ている。

「バレバレですよ、拓」

丸顔の少年が、「逃げろー」と駆け足で社務所に入っていく。また、あの子か。

「度々ご無礼をいたしまして、本当に申し訳ございませんっ」

濡れた袴《はかま》をハンカチで拭いながら、宮司さんが謝罪する。私が苦笑すると、彼は一礼して掃き掃除を再開した。

竹箒を動かす宮司さんは、私を気にかけている素振りは見せない。だが、こちらの言葉が届く距離で手を動かしている。絵馬かけの前に、もう落ち葉はない。他の場所を掃けばいいのに、私との絶妙な距離を保とうとしている。

近づかず、かといって、見捨てず。

宮司さんの優しい配慮に、自然と口が動いた。

「……車椅子になってからというもの、もう何もかもが嫌になって」

竹箒を動かす、宮司さんの手が止まった。私を安心させるように表情を崩し、車椅子の前までやって来る。

「申し遅れました。日和神社で神職をやっております、松野康一、と申します」

宮司さんが名乗ると、私は、田中景子と申します、と本名を告げた。素の自分をさらけ出したほうが、得られるものがあるような気がしたから。

「……最近、我が身を振り返り、つくづく運のない人生だなぁ、と思うんですよね」

私は、嘆息交じりに告げた。

「ケガのせいで映画の仕事はなくなるし、彼氏にも振られるしで、もうどうしたらいいかわからなくて」

松野さんは、小さくうなずきながら耳を傾けている。向けられた目に、邪心や虚飾のようなものは感じられない。胸底にわだかまる人間への不信が、少しずつ薄らいでいくのを感じる。

「……田中様」

一通り話し終えると、松野さんは拝殿を手で指し示した。

「気分転換に、あちらで参拝されてはいかがでしょう？」

深く考えずにあごを引くと、松野さんは車椅子を押して拝殿の前まで連れていってくれた。

「ご神前では、二礼二拍手一礼、というのが、一般的な作法とされています」

腰を屈《かが》めた松野さんが、私と目線の高さを同じにした。二礼二拍手一礼という言葉は、過去に耳にしたことがある。

「まず、お気持ち程度でいいのでお賽銭を入れ、この鈴を鳴らしていただけますでしょうか」

私は財布から取り出した小銭を入れ、鈴緒を両手で引き寄せて鳴らす。

「次に、車椅子の上で、姿勢を正してみてください。そして、腰を九十度に折り、深いお辞儀を二回なさってください」

私は、言われるがまま背筋をぴんと伸ばした。腰を折ろうとすると、「ご無理のない程度で、大丈夫ですので」と松野さんは優しく微笑みかけてくる。

「続いて、手をそろえて二回打ってください。打つ際は、両手を肩幅程度まで開き、右手を少し下げ、ずらして打ってみてください。これは、神様と人間はまだ一体ではなく、人間が一歩下がることで、神を敬う心を表しているといわれています」

「初めて聞きました」

「でしょう。二回打ち終えたら、右手を元に戻してください。お願いごとは、右手を戻し、胸の前で手を合わせた状態の時にするといいでしょう。そして最後にもう一度、深いお辞儀をなさってください」

　私は言われる通りに手を打ち、深々と頭を垂れた。松野さんの助言なしにやりたくて、「もう一度、やってみますね」と同じ動作を最初からやり直す。

　最後にお辞儀をして頭を戻している最中《さなか》、鬱屈していた気分が、ふっと一瞬晴れる感覚があった。

「……不思議なもので、心が落ち着いてきますね」

「皆様、そうおっしゃいます。ちなみに、『祈る』の原義は、意志の意と、宣言の宣という字をあてた、『意宣る』だといわれております。自分の意志を宣言し、その意志に忠実であろうと決意し、実現に向けて行動に移す。つまり、祈るというのは、自分自身と向き合い、決断を宣言する、という行いなのです。田中様」

　松野さんは私の名を呼び、熱を込めて語る。

「前回お会いした際に、役者業をなさっていると、お伺いいたしました。今まで人一倍、心身をすり減らしてこられたことでしょう。今は心を休ませるためにも、ご休養なさるのはいいと思います。ですが、私はあなたが、いずれとんでもないエネルギーをともなって立ち上がってくるのではないかと、踏んでおります。あなたが宿す眼力には、それだけの力がございます。いずれ、とんでもないエネルギーをともなって」

松野さんとお会いしてから、五日後のことだった。

木村先生と話をしたくて病室に向かうと、見慣れない初老の女性が、先生の病室から出てきた。

「木村さんの、お知り合い？」

「……えぇ」

不審そうな顔をすると、太田《おおた》と名乗るその女性は、私が相沢ちはるであることに気づく。

「ネットで、大ケガをしたと噂になってたけど、大丈夫？」

「……えぇ、なんとか」

「木村さんとは、どこで知り合ったの？」

「いやまぁ、まぁ、ちょっと」

私は、言葉を濁す。

太田さんは、木村先生のアパートの隣人だった。先生のために、洗濯ものを届けにきているという。そういえば先生は以前、隣人が藤の造花を届けてくれた、とか言ってたな。

　太田さんが、先生の暮らしぶりを話し始めた。先生は独身で、身寄りが一切ないという。

「しかし、大変よね、木村さんも。悪性の脳腫瘍でいきなり余命三ヶ月とか言われたら、私だったらショックで生きていけないわ」

「えっ」

「あの人は、誰とも結婚せず、養護教諭一筋だった。定年してからも、ボランティアで子供たちの相談に乗ってたぐらいなの。本当に、子供が好きな人でね」

「…………」

　視界が、色を失った。

　先生は車椅子に乗っていたし、日を追うごとに痩せてきていた。ろれつが少し、おかしかった日もある。何か大病を患っているのだろうと薄々気づいていたが、先生との関係を壊したくなくて、病状を訊けなかったのだ。

「ところで、あなたの連絡先を教えてくださる？　木村さんに何かあったら、連絡するから」

　心が突き飛ばされたように、気分が沈んだ。何も言葉を返せないまま、太田さんから紙とボールペンを受け取った。

日が傾き始めた頃、木村先生の病室を訪ねた。

だが、先生はいない。馴染みの看護師に尋ねると、病院の屋上にいる、と教えてくれた。先生は考え事をする時、いつも屋上にひとりで行くらしい。

私は、エレベーターに乗って屋上に出向いた。鉄フェンスに囲まれただだっ広い空間に、加熱塔のファンが稼働する音が鳴り響いている。

貯水槽を曲がった先に、先生はいた。車椅子に座り、視線の先にある東京スカイツリーを眺めている。

「明日は、クリスマスね」

後ろに気配を感じたのか、振り向きざまに先生が話しかけてきた。

「何か、予定あるの？」

「……いえ。特に、何もありません」

「そう。だったら、私の病室でパーティーでもしましょう。ケーキと、あと、私の好きなかっぱ巻きを用意するから。そんなことより――」

隣に行くやいなや、先生はニコッと微笑みかけてきた。

「太田さんに、私の病気のこと、聞いたんでしょ？」

「……」

返事が、できなかった。さっき病室の外で話していたのを、扉の向こうで聞いていたのか。

無言のまま力なくあごを引くと、先生が吐き気を催した。背中をさすってあげると、もう大丈夫、と私を手で制す。

ペットボトルのお茶で喉を潤し、先生は言う。

「脳の腫瘍が広範囲に拡がっていて、発見した時にはもう、手の施しようがなかったの。でも、心配してくれなくても、私は大丈夫。もう、充分に生きたから。私は、小学校で養護教諭をやっていたんだけど、自分なりに精一杯やってきた。だから、自分の人生に思い残すことはない」

「……木村さんは、なぜ養護教諭の道に、進まれたんですか？」

私は、訊いた。

「それは、子供が好きだから、としか言いようがないんだけど、子供というのはまぁ、手のかかる生き物でね。時には、教育方針の違いで、子供の親と朝まで口論することもあった。でも、子供たちが成長していく姿を見るのは、何事にも代えがたいの。私には、家族がいない。でも、今日もどこかで成長した教え子たちががんばっている姿を想像したら、私もがんばんなきゃと背筋が伸びるのよね」

「……木村さんは、どうしてそこまで、生徒の力になれるんですか？」

感嘆したように尋ねると、先生は「プロ意識よ」と即答する。

「プロ意識？」

「そう。非情な人間と思うかもしれないけど、私は子供たちのために仕事をしようとは思わない。自分が信じる教育の考え方があって、私はその考えからブレずに仕事をするだけ。プロ野球の選手がよく、チームのためにがんばります、と言ったりするでしょ。私は、あの言葉に共感ができないの。ひとりひとりが高いプロ意識で、自分の役割をまっとうする。その結果が、相手の幸福につながる、と私は思ってる。磨くべきはプロ意識であり、平たくいえば、自分の仕事に対するプライドである、と」

「…………」

胸の内側から、突き上げてくる感情があった。めくられていく記憶のページが、スピードを落として、あるページで止まる。

保健室で、木村先生が子供の私に教えてくれた言葉。

信念。

意識の焦点がぼやける私に、先生は凛とした目を向けた。

「そのあたり、あなたは、どう思う？　相沢ちはるさん」

「明日、記者会見を開くから、どこか会場を押さえて！」

病室に戻った私は、現れた喜多村にお願いする。

「明日？　急にムチャ言わないでくださいよ！」

「いいから、会場用意して！　なるべく早い時間に！」

なおも渋る喜多村の背中を、バシンと叩く。

「それと、ひとりで考え事したいから、今日はもう病室には来ないで」

「はぁ？　会見の段取りとか、色々と打ち合わせがいるでしょ、これから」

「全部あんたに任せる。社長にはよろしく言っといて」

「ったく、勝手だな、ちはるさんはホント。まぁ、嫌いじゃないですけどね、そういうとこ」

「……いつも、本当にありがとう。敏腕マネージャーさん」

ふんっ、と口元に薄笑いを浮かべ、喜多村はスマホを手に慌ただしく出ていった。

薄暗い境内に、社《やしろ》に設置された外灯の光が漂っている。夜風が冷たく、体の芯まで冷えてくる。

私は病院を出て、日和神社にやって来た。ひとりで翌日の会見に思いを募らせていたら、時間がたつにつれ、体に沁《し》みるような緊張に襲われた。早く眠らないといけないのに、一向に寝つけない。

歩道橋で落下してから、六十五日。

私は、明日の午前十一時半に、大勢のマスコミの前で会見する。サングラスをはずし、たくさんのテレビカメラの前に、車椅子に乗って出ていくのだ。

松野さんは、前に言った。祈るとは、自分自身と向き合い、決断を宣言することだ、と。

勇気が、ほしかった。

自分から逃げない勇気が――。

拝殿に向かって車椅子を走らせていると、人の気配を感じた。絵馬かけの前に、松野さんが立っている。車椅子の車輪の音が聞こえたのかな。

「……明日、マスコミ向けに、会見を開くんです」

絵馬かけの前まで来た私は、挨拶もそこそこに、不安な気持ちを正直に吐露した。

松野さんは、真剣な面持ちで話を聞いている。

「……絵馬というのは古代、神事において、神社に生きた馬を奉納したのが始まりとされています」

私の話が一段落つくと、松野さんが絵馬の由来を語り始めた。

「絵馬を、毎日拝見していて思うのです。多くの方が、素敵な男性と巡り会えますようにとか、宝くじが当たりますようにと、自分の欲に願をかけている一方で、自分以外の人の幸せを願う方もいます」

松野さんが、絵馬を手にし始めた。「おばあちゃんの病気が治りますように」とか、「長男が立派に成人しますように」と書かれた絵馬が目に入る。中には、世界平和、とだけ書かれたものもある。

「人間の欲には、切りがありません。ただその一方で、誰かのためにわざわざ神社を訪れて、お金を払う方もいます。私はそれを目にすると、つくづく思うのです。人間というのは、美しいな、と」

松野さんが、一枚の絵馬に触れた。

「少し前に、ひとりの女性が、この神社を訪れました。大病を患い、余命いくばくもないその方は、車椅子に乗りながら、絵馬に願いを託されました。その方が、人生の最後に願ったのは、自分のことではないのです」

松野さんは、摑んでいた絵馬をひっくり返した。そこに書かれた言葉に、胸が波打つ。

「その方は長年、小学校の養護教諭をされていたそうです。その方は、おっしゃっていました。私の大切な人が、足が不自由になった、と。その人は役者をしていて、多くの人たちに力を与えられる、本物の表現者だ、と。田中様」

松野さんは私の名を呼び、目をそらさずに言った。

「きつい言葉を投げかけるのを、どうかお許しください。あなたは前回、この神社にお見えになった時、私にこうおっしゃった。私の人生は、つくづく運がない、と。こんな素敵なご友人に恵まれているのに、どうして運のない人生なのでしょうか？」


車椅子に座って、長い息を吐いた。口の中は、砂漠のように乾き切っている。奮起させるように、二本目の栄養ドリンクを喉の奥に流し込む。

「ちはるさん。会見場に、久我山監督がお見えになってるみたいです」

「いちいち報告しにこなくていいよ、喜多村。話しかけないで」

春日野病院から、車で二十分。同じ台東《たいとう》区内にある大型ホテルの一室で、私は苛立っていた。あと十分もすれば、会見場に続く部屋の扉が開く。

控え室には、事務所の社長をはじめ、仕事の関係者が大勢いる。事務所の顧問弁護士もいて、今朝、会見の台本を用意されたが、断った。

三本目の栄養ドリンクに手をかけたら、スマホが振動した。電話に出ると、木村先生のアパートの隣人の、太田さんだった。

「どうしたんですか？」

半ば予感めいたものを感じて、声がうわずった。

「相沢さん、木村さんの容態が急変したのっ」

「えっ」

「今、酸素マスクをつけられてて、いつ亡くなってもおかしくない状態なの。病室に来れるんだったら、来てあげて！」

「…………」

スマホを持つ手が、小刻みに震えた。元からの緊張も相まって、気持ちが錯綜する。

私の中で、迷いが生じ始めた。

今すぐ病院に行けば、先生の臨終に立ち会えるかもしれない。先生には、どれだけ感謝してもしきれない。最後に、面と向かってきちんとお礼を述べる必要がある。

ただその一方で、病院に戻るのを許そうとしない、もう一人の自分がいる。そのもう一人は、何かを伝えるように全身の血を沸き立たせてくる。

私は、先生への想いを断った。

先生ならきっと、会見に行け、と言うだろう。

仕事に、もっとプロ意識を持ちなさい、と叱ってくるだろう。

病院に戻ったら、先生に怒られてしまう——。

「すいません、太田さん。今から大事な記者会見があるので、行けません。本当に、申し訳ございません」

断ち切るように通話を終了させると、手の震えが止まった。喜多村が「時間です。じゃ、行きますね」と、ゆっくりと観音扉を開く。

事務所の社長に従われて車椅子を漕ぐと、ホールの至るところからカメラのフラッシュがたかれた。後ろからついて来る弁護士と三人で、横一列に並んで座る。

芸能記者やカメラマンなど、すぐ先に、野心でぎらぎらした多数の瞳がある。テーブルに置かれたスタンドからマイクをはずし、私は話を切り出した。

「本日はお忙しい中、お集まりいただきまして、ありがとうございます。まず、関係者の皆様方に、多大なご迷惑をおかけしたことを、心よりお詫び申し上げます。ケガをしたのは、すべて私の責任です。役者として、常時、自分の肉体管理に努めるのは、仕事の一部だと考えています。撮影中の映画に穴を空けてしまったのは、役者としてではなく、ひとりの社会人として失格です。本当に、申し訳ございません」

　車椅子の上から、私は深々と頭を下げる。

「次に、ケガのことですが、私は本年の十月二十日に、歩道橋から落下して、腰椎を圧迫骨折いたしました。残念ながらもう、自分の足で歩くことはできません。今後は、車椅子での生活を余儀なくされます。繰り返しになりますが、私はもう、二度と歩けません」

　ホール全体に、ざわめきが走る。

「最後に、これからの、……ことですが――」

　言おうとして、言葉に詰まった。昨晩、松野さんが見せてくれた絵馬を思い出したからだ。

　病身のため、木村先生は、ペンを握るのがさぞ辛かっただろう。その絵馬には、震えた手で書いたのであろう、揺れた文字でこう記されていたのだ。

『田中景子ちゃんが、田中景子ちゃんでありますように』

木村先生は、覚えていたのだ、私を。先生は、私があの時の田中景子だということを知っていたのだ。

「私は。相沢ちはるは――」

目の縁に溜まった涙を一撫でし、私は叫んだ。

「役者を、続行いたします。車椅子で、役者を続けます。どんな体になっても、人生は生きるに値することを、私は役柄を通じて表現したい。

ですが、自分と同じ車椅子の人を勇気づけたいなどとは、思っていません。クソ安い感動ポルノに、興味はありません。私はただ、ひとりの役者として、この体で自分に与えられた役をまっとうしたいだけ。私は、自分が自分であるために、役者を継続いたします。

この信じる念《おも》いは、私の人生における恩師が、伝えてくださったことです。

私はもう、自らの足で歩くことはできません。ですが、今後の役者人生において、前に進むのをやめるつもりはありません。車椅子俳優の前例がないなら、私が先例となります。

私は、演じたい。

弱さを。

強さを。
汚さを。
美しさを。
人間を。
最後に、関係者の皆様方に、お願いがあります。
私に——。
この相沢ちはるに、芝居をさせてください。
芝居をさせてくださいっ。
芝居をさせてくださいっ！」
想いのすべてを込めて、私は深くお辞儀をした。
芝居への感謝と渇望で、いつまでも顔を上げられなかった。

介護タクシーを出て車椅子を漕ぐと、喪服の内に着込んだシャツが汗ばんできた。淡い冬の日差しを浴びながら、木村先生のアパートに向かう。
私が記者会見をしている最中に、木村先生は旅立った。会見を終えて病院に駆けつけたが、残念ながら臨終には立ち会えなかった。

私は、サングラスをはずしている。もう、こそこそと生きるのはやめた。私は、目を疑った。コンビニの角を折れると、少し先に、古びた木造アパートがあった。アパート全体を取り囲むように、大勢の人たちが集まっていたからだ。アパートの廊下や階段はもちろん、入りきれなくて、隣の駐車場まで人であふれ返っている。

「相沢さん？」

私に気づいた太田さんが、歩み寄ってきた。太田さんは、興奮しながら言う。

「もう、びっくりしたわよ。木村さんが勤めていた小学校に連絡したら、彼女の訃報を知った生徒さんが大勢集まってきちゃってさ。朝からずっとこんな調子で、私もてんやわんやなのよ。木村さんには身寄りがなかったけど、教え子たちにはよっぽど慕われてたんだね」

「……」

「それと、これ」

太田さんは、私に封筒を差し出した。

「木村さんの荷物を整理してたら、病院のベッドの下から出てきたの」

受け取って封を開けると、縦書きの便箋が折り畳まれている。

木村先生が、私に遺《のこ》した手紙だった。

『相沢ちはる様。いいえ、田中景子様。

読みづらい字であることを、どうかお許しください。

私は、あなたが小学生の時に、私の保健室を訪ねてきた生徒であることを、知っていました。短い期間でしたが、子供とは思えない、強い意志を目に宿した女の子で、とても印象に残っていました。

おそらく、あなたのほうも、当初から私に気づいていたでしょう。当時も、あなたにはどこかシャイなところがありました。大人になっても変わらないその性格に、相変わらずかわいい子だなぁと、内心思っていました。

私は、テレビドラマ『霞がごとく』を観て、相沢ちはるという役者の存在を知りました。

「私は、木ノ崎由衣。木ノ崎由衣は、仕事をクビになったぐらいでは止まらない」

上司にそう啖呵《たんか》を切る、彼女の胆力のある目を見て、相沢ちはるさんが、私の保健室に来ていた田中景子さんであることに気がついたのです。

それからというもの、あなたの活躍を、いつもテレビで拝見していました。立派になられたお姿に、私自身も、どこか誇らしく感じたものです。

田中さん。

いえ、景子ちゃん。

あなたはあなたらしく、あなたの人生を突き進んでください。周りの顔色を、うかがう必要はありません。信じる念を、胸に刻んでください。

誰《た》がために生きるのか？

それは、自分と、自分の誇りのためです。矜持《きょうじ》なきところに、花は決して咲きません。

景子ちゃん。

あなただけの人生に、どうかあなただけの物語を。

ＰＳ　辛かったであろう学生生活を乗り越えて、立派な女優になったあなたのがんばりを、心より尊敬いたします。

大変、よくできました。

木村貴代子』

手紙の最後には、「よくできましたシール」が貼られてある。当時、保健室で貼ってくれていたものと、全く同じシールが。

「この前あなたに電話した時、今から大事な記者会見があるので、と言ったでしょ」

立ち尽くす私に、太田さんが神妙な顔を向ける。

「私、もしやと思ってテレビをつけたんだけど、その時、木村さんはまだ意識が少し残っていてね。私がテレビのボリュームを上げたら彼女、あなたの会見を聞きながら、両目から涙をこぼし始めたのよ」

「………」

唇が、ぷるぷると震え始めた。膝の上に、ぽたぽたと涙の滴が垂れる。拭っても拭っても、目の奥から涙が湧いて出てくる。

葬儀が終わり、出棺の時間になった。

棺《ひつぎ》が霊柩車《れいきゅうしゃ》に入れられると、その場に集まった大勢の教え子たちが、示し合わせたかのように、棺に向かって最敬礼をした。

「――そうでしたか。お話から察するに、木村様は、思い残すことはなかったのではないでしょうか」

松野さんが、しみじみと言う。

「だと、いいんですが。ちなみに先生の棺には、感謝の手紙と、あと、かっぱ巻きを納めておきました。先生は、かっぱ巻きがお好きだったみたいなので」

葬儀を終えて、私は日和神社を訪ねた。木村先生との一連の出来事を伝えると、松野さんは満ち足りた様子で話を聞いてくれる。

「松野さんにも、色々とお世話になりました」

「私は、何もしておりません。すべて、木村様があなたをお導きになったのです。

……にしてもあなたは、強いお方です。私は、あなたがお芝居の世界で、いずれ天下を取るであろうことに、いささかの疑念もございません」

照れくさそうに微笑むと、ランドセルを背負った少年が、今日も水鉄砲で撃ってきた。

「コラ、拓！　ぺんぺんするので、お尻を出しなさい！」

「いや、いいんです！」

私は、大丈夫です、というふうに手を前に出す。

「体の不自由な人にも悪さをしてくる無邪気さが、人を区別してない感じがして、むしろ心地いいですよ」

「……そうですか」

松野さんは、意味ありげに目を細める。

「ちはるさん！　こんなところで何してるんですか、ハァ」

マネージャーの喜多村が、息を切らせて絵馬かけの前にやって来た。「もしかして、彼氏さんですか？」と笑みをこぼす松野さんに、「そんなわけないです！」と私は顔の前で手を振る。

「そんなに、嫌がらなくても……」

喜多村は肩を落としたが、内心うれしかった。喜多村の気持ちに、私は気づいている。車椅子になっても、なお想ってくれている彼を、私も嫌いではない。

みゃあ。

突然、真っ白な猫が、膝の上にぴょんと乗ってきた。前に、脚の傷にハンカチを巻いてあげた猫だ。元気そうにしている姿が、自分とダブッて無性にうれしい。

膝の上に猫を乗せたまま、私は拝殿の前に移動した。松野さんに教わった通り、礼を繰り返し、柏手《かしわで》を二度打つ。

祈るとは、自分自身と向き合い、決断を宣言すること——。

私は、相沢ちはる。

相沢ちはるは、足を失ったぐらいでは止まらない。

行こう。

第四話　ゴッドファーザー

金が、なかった。

とにかく、金がなかった。

滞納していたスマホ代を支払い、友人に借りていた金を返したら、残りはわずか千三百円。

日暮里《にっぽり》の安アパートにいたが、家賃を払えなくなって、追い出された。バイト先のラーメン屋が潰れて、次のバイトもすぐには見つかりそうにない。ネットカフェに寝泊まりすることもできず、しばらく風呂にも入っていない。

ひとまず、道すがら目に入った、大型ショッピングモールのトイレにやって来た。石鹸《せっけん》を持ち込み、手洗い場の水で頭を洗う。

金がなくて、見て見ぬフリをしていた虫歯がずきずきする。指で奥歯を強くひっかいたが、余計に痛みがひどくなる。

残った千三百円で、何を優先するべきか。メシか、歯医者か、ギャンブルか。

いや、コンタクトレンズの保存液だ。

現在、一日使い捨てのコンタクトレンズを、二週間も使用している。今付けているのがラストだが、保存液に浸せば根性でもう少し乗り切れる。特大のボトルに入った、お徳用の保存液を買いに行こう。

バスタオルで頭を拭きながらトイレを出ると、香ばしい肉の匂いが辺りに漂っていた。「和洋折衷　食べ放題」と書かれた立て看板の向こうに、寿司やら肉やら、色味の強い食べ物がずらりと並べられている。

二日前に菓子パンをひとつ食べて以来、何も口にしていない。口内に唾液があふれ出してきたが、今は虫歯が痛いので何も食べないほうがいいと、もっともらしい理屈を引っ張り出してきて自分を慰める。

そのレストランの斜向《はすむ》かいに、大きなシネコンがあった。劇場を取り囲む壁に、上映中の映画のポスターが等間隔に貼られている。

その中の一枚に、俺がオーディションに落ちた映画のポスターがあった。悔しくて、まじまじと見られない。無理にでも意識を他のことに向け、エレベーターにささっと飛び乗る。

五階から一階に順に、ドラッグストアや眼鏡屋を見て回る。一円でも安い店を探して、西館と東館を行き来する。

保存液の価格帯は、一番安いところで九百七十円、一番高いところで千百六十円だった。最後に訪れた、西館一階のドラッグストアは、九百八十円だ。見てきた中で二番目に安いが、一番安い九百七十円のドラッグストアは、四階の東館にある。

たった十円のためにわざわざ四階に向かっている自分が、情けなかった。学生ならまだしも、三十になった人間のすることか。でも、十円が惜しい。四階の店に着くと、さっき必死で値段を確認していたくせに、初めて来ましたよみたいな顔をしてレジに商品を持っていく。

エレベーターに再び乗ると、俺以外は全員カップルだった。十円のために時間を浪費している俺とは対照的に、どのカップルも高そうな衣服を纏って幸せそうに手を繋《つな》いでいる。

隣に立つ女性が、ドラッグストアの袋を手にしていた。透けて見える袋の中身は、俺が買ったのと同じ保存液だ。

そのドラッグストアの保存液は、千百六十円だ。袋代をケチってリュックにぶち込んだ俺とは違い、当たり前のように袋をもらい、他店舗との値段比較もしていないのだろう。

一階に、到着した。立ち位置的に、全員が外に出るまで、俺が開くボタンを押すことに。

ありがとうございます。

お礼を言われるのが、惨めだった。勝ち組の幸せのために、資本主義の負け犬がボタンを押させられているような気がして、底の知れない寂しさが胸に拡がっていく。

ショッピングモールを出ると、木枯らしが街路に紙屑を巻き上げた。夕日を背に小さく肩をすぼめていると、道沿いのドラッグストアに、俺が買ったのと同じ保存液が売られているのが目に入った。価格は、まさかの七百八十円だ。

何なんだよ、この運のなさは。ここで買ってたら、百九十円も浮いただろ。百九十円もあれば、余裕でキャベツ一個買えんだろ。生のキャベツは腹持ちいいんだぞ。

「痛っ」

突然、右肩に痛みが走った。後ろから走行してきた、原付きバイクのミラーがぶつかったのだ。

「ごめんなさい！」

謝ったのは、俺のほうだった。

何か事故を起こせば、大きな金がかかる。事情はどうあれ、先手必勝で謝っておけば、大事にならないかもしれない。明らかにこっちが被害者の時でも、貧しさに縛られていると、とりあえず先に謝っておこうと体が勝手に反応するのだ。

「すいません、ケガはないですか？」

「大丈夫です、大丈夫です。じゃ」

不思議そうな顔をする青年を尻目に、俺はそそくさと走り去る。

一時間ほど歩いて、浅草のトランクルームに着いた。カードキーを通すと、鍵がガチャリと開く。

鉄の扉の向こうに、大事なものを保管してある。思い入れのある舞台衣装、唯一もらったファンレター、暇潰し用に置いてある折り畳みの将棋盤等々。それらの奥には、映画のDVDがうずたかく積まれている。

このトランクルームに、一番多い時で、DVDは五百枚以上あった。売りまくって今はもう百枚もないが、背に腹は代えられない。当面の生活費として売るしかない。でも、これだけは絶対に売れない。

ゴッドファーザーだけは——。

俺が役者を目指すきっかけになった映画、ゴッドファーザー。

パートⅢまでシリーズ化され、特に好きなパートⅠは、パッケージが変わるたびに買っている。保存用も含めると、Ⅰだけで四枚以上所有している。

ゴッドファーザー以外のDVDを、金になりそうなものを中心に、リュックに詰められるだけ詰める。行きつけのリユースショップに向かおうと思ったが、今日は歩きすぎて疲れた。コンタクトをはずして保存液に浸し、一畳しかないトランクルームの壁に背中をつける。

お金を持っている人が、うらやましいなぁ。

扉を開けたまま外に足を伸ばし、金持ちへの羨望を胸に眠りに落ちた。


「ちょっと、亜留《ある》さん、起きてください。起きなさい！」

体を揺すられて瞼を開けると、見知った女性の顔が目の前にあった。トランクルームの管理人さんだ。

「おはようございますぅ」

「おはようございますじゃないでしょ。ここで寝泊まりしてはダメだと、前にも言いませんでしたっけ？」

「すいません」

「あと、先月の料金もまだ支払われてないみたいなんだけど？」

オーナーでもある彼女は、眉間に皺を寄せる。

「ごめんなさい、来月まとめて払いますんで！」

俺はリュックを担ぎ、ぺこぺこと頭を下げながら立ち去っていく。

電車賃がなく、リユースショップには徒歩で向かう。とぼとぼと歩きながら、空腹で目眩《めまい》がしてきた。

目の先に、大きな病院があった。病棟外のゴミ捨て場に、ボロ着を纏った人たちが群がっている。捨てられた病院食の余りを、あさっているのだろう。

タイミングよく、お腹がくぅと鳴った。減りに減った胃袋が、俺にプライドを捨てさせる。

「……おにい？」

ポリバケツに歩み寄る俺を見て、小柄な女性がきょとんとしている。

「加奈《かな》？」

妹だった。

顔を合わせるのは、実家を飛び出して以来、十二年ぶりだ。

「おにい、何やってんのよ、こんなところで！」

「久しぶり。元気か？」

「元気じゃないよ！　パパが今、この病院に入院してるのよ！」

「えっ」

「十月の末からずっと電話してたのよ、わたし。なんで電話に出ないのよっ？」

料金を滞納したせいで、つい先日までスマホは止められていた。

加奈が、父親の病状を説明してくる。父親は、二週間前に脳梗塞で春日野病院に運ばれ、命こそ助かったものの、右半身に麻痺《まひ》が残ったらしい。勤めていた不動産会社を辞め、現在、懸命にリハビリをしていて、母親と加奈が付き添っているという。

「母さんは、元気にやってる？」

「ママは大丈夫だけど、パパのことでだいぶ落ち込んでる。ママも来年は還暦だし、あまり無理させたくないのよね」

加奈の憂鬱そうな顔を見て胸が締めつけられたが、俺にも譲れないものがある。

「父さんは、命に別状はないんだな？」

俺は、突き放したような言い方で尋ねた。

「うん。ご飯も、ちゃんと食べれてる。でも、リハビリは大変だから、おにいも顔見せてあげてよ」

「……悪いが、それはできない。すまん、加奈。父さんと母さんにはよろしく言っといてくれ」

俺は、さっと背を向けた。

「おにい！　おにい！」

加奈の呼びかけを無視し、病院の敷地を出ていく。

コンビニに寄り、なけなしの金で、缶コーヒーとおにぎりを買った。外のベンチに座って長い息を吐き出し、寸胴形の缶を両手で握り締める。

掌《てのひら》に心地いい温もりを感じながら、俺は実家を飛び出した時のことを思い起こしていた。


「王手だ」

「……参りました」

俺は襟を正し、座布団の上から父親に頭を下げる。

「あそこで、父さんの桂馬《けいま》を奪えてたらなぁ」

「よしんば、桂馬を奪ってたとしても、あそこで父さんの飛車を止められてたか？」

「あ、そっか。やっぱ、父さんは強いよ」

「猛《たける》のほうこそ、高校に上がってから一気に強くなったな。父さんともう、腕はあんまり変わらんぞ」

父親は目を細め、湯呑《ゆの》み茶碗《ぢゃわん》に口をつける。

俺は、両親と仲のいい子供だった。特に父親とは馬が合い、ともに将棋が好きで、子供の頃から頻繁に指していた。対局を中断する時は、駒の位置をそのままにしておく。時間ができたらそこから対局を再開するなど、本格的に対戦していた。

高校二年の冬に、テレビで、『ゴッドファーザー』が放送されていた。主演のアル・パチーノの演技に衝撃を受け、それを機に、俺は役者を志すようになる。

高三になり、演劇のオーディションを受けるようになった。審査員に、「目鼻立ちがはっきりしていて、役者向きの顔をしている」と褒められたこともある。オーディションに合格し、端役であったが、高校在学中にプロの舞台を踏む。

だが、母親が俺の夢に理解を示す一方で、父親は反対だった。

俺はそれまで、高校を出て就職することを公言していた。父親も安定した職に就くのを望んでいたから、「役者を目指すんだったら、家を出ていけ！」と俺を怒鳴りつけた。

「言われなくても、出ていくよ！　次に会う時は、俺がスターになった時だ。いつか父さんを後悔させてやるからな！」

俺は啖呵を切り、高校卒業と同時に家を出た。都内でひとり暮らしを始め、アルバイトをしながら、役者になるためのオーディションを片っ端から受け始める。

俺は、大好きなアル・パチーノを意識して、「亜留たける」と名乗った。小さな役であったが、オーディションに合格するようになる。テレビ番組の再現ＶＴＲに出演することもあり、順調かに思われたが、芸能の世界は甘くない。大きな役は一向に舞い込まず、五年、十年がんばっても芽は出ない。

周りの役者仲間は、三十歳になったのを機に、辞めていった。俺も三十という年齢を一つの区切りと考えていて、三十になった今夏、これが最後だと決めて映画のオーディションに臨んだが、不合格に終わる。

俺は、役者で成功する夢をあきらめた。

それ以来だらだらと過ごし、金が尽きて、アパートを追い出されてしまった。

いつも呑んでいる缶コーヒーが、普段より苦く感じられた。吹きすさぶ冷たい風が、着古したパーカーの生地を突き抜けてくる。

父親の容態は、もちろん心配だ。でも、住むところも見つからないこの現状では、誰かを思いやれる気持ちの余裕がない。

ずきずきする奥歯の痛みに顔をしかめながら、おにぎりのフィルムを剝がした。ご飯を包む海苔《のり》が、ぷーんと磯《いそ》の香りを放つ。

おにぎりにかぶりつこうとしたら、グレーの毛色をした猫が、隣のブロック塀をたたんと飛び降りてきた。目の前にてくてくとやって来て、おにぎりをじっと見つめている。

お腹が、空いているのだろうか。どこか自分と重なるところがあって、愛おしく思える。

俺は海苔を剝がし、猫の口に近づけた。猫はあっというまに平らげると、もっとくれ、というふうにベンチに飛び乗ってきた。仕方なく、具材の鮭《さけ》を指でほじくって食べさせてあげる。

みゃあ。

ありがとう、とお礼を述べるように、猫は小さく鳴いた。ベンチからさっと降りると、少し遠ざかって立ち止まった。俺に視線を投げ、また少し行っては立ち止まり、俺をまじまじと見ている。まるで、こっちについて来い、と伝えるかのように。

残ったおにぎりを食べ終えて、猫を追いかけた。覚えのある道を進んでいくと、猫は日和神社の参道を渡り始めた。赤い鳥居を抜けると、いつもの静かな境内がそこにある。日和神社の猫だったのか、この子。

「痛っ」

絵馬かけの前で猫を抱こうとしたら、右手をシャッとひっかかれた。おにぎりを分けてやったのに、なんて猫なんだ。

「亜留さん」

社務所から、松野さんが現れた。近くの長椅子に俺を座らせ、ひっかかれた右手を消毒してくれる。

絆創膏を貼り付けると、松野さんは何も言わず、茶屋から草団子と甘酒を持ってきてくれた。草団子は、三本もある。

「いつもすいません、松野さん。いずれ必ず、これまでの分も含めて払いますんで」

申し訳なさそうに頭を下げると、「お金なんて、いいんです」と松野さんは顔の前で手を振る。

「そんなことより、最近お見かけしませんが、元気でやられているのですか？」

草団子にかぶりつく俺に、松野さんは心配そうな顔を向ける。

松野さんと知り合ったのは、今年の春先だ。浅草の公園で蛇口の水を呑んでいた時、パンを差し出してくれたのが松野さんだった。

役者をしていると伝えたら、「素晴らしいっ」と目を輝かせた。それ以来、日和神社を訪ねると、いつも食べる物を用意してくれる。「お住まいがないなら、うちの部屋を使ってください」と申し出てくれたこともある。

俺は、暇ができると神社に将棋盤を持ち込み、参拝客と一局指していた。松野さんと対戦することもあったり、頻繁に人生相談にも乗ってくれたりするなど、俺にとっては大恩人なのだ。

「……実は、父親が脳梗塞になりまして」

甘酒に口をつけ、父親の病気の件を切り出した。「高校を卒業する時、父親とケンカして、家を飛び出してるんですよね」と、家を出た経緯を順を追って話す。

「亜留ちゃん、卓球しよっ」

話を終えたタイミングで、ラケットを手にした拓ちゃんが、社務所から出てきた。

「学校は？」と尋ねると、「今日は、創立記念日で休み」とうれしそうに笑顔を見せる。

「あとにしなさい、拓」

松野さんがキッとにらみつけたが、拓ちゃんはなおも誘ってくる。「お尻をぶちますよ、拓」と松野さんが手を振りかざすと、拓ちゃんは「ごめんなさーい」と走り去っていく。

「……亜留さんのお気持ちは、理解できます」

松野さんが、俺に目を戻した。

「ですが、経緯はどうあれ、すぐにでも病院に行くべきではないでしょうか」

そう助言されるだろうと思っていた。松野さんの意見は、完全に正論だ。

でも、家を出る時、俺は父親に宣言した。

――次に会う時は、俺がスターになった時だ。

住むところもままならない現状で、どの面下げて父親に会えるというのだ。

プライドが邪魔をして、どうしてもお見舞いに行く気にはなれなかった。

公園のベンチで眠っていたら、腹の音で目が覚めた。

DVDを売ってできた金で、この一週間なんとか凌《しの》いできたが、昨晩銭湯代を払って使い果たした。

あぁ、腹減った。どこかのパン屋に行って、パンの耳でももらおうかな。

あてもなく浅草をぶらつき始めたら、少し先で、一台のベンツがじりじりと速度を落として止まった。開いたドアの中から、高そうなイタリアンスーツを着た男性が出てくる。

「よう」

「……目黒《めぐろ》さん？」

五年ほど前、少しだけ所属していた芸能事務所の先輩だった。俺より三つ年上で、目黒さんは三十歳になったのを機に、役者から足を洗っている。相変わらず、背がすらっとしていてかっこいい。

「こんなところで何してるんだ、亜留？」

「いや、そのう」

パンの耳をもらいにパン屋を探しているとは、さすがに言えない。

「お前、まだ役者やってるのか？」

「……いえ、今年の夏で辞めました」

「そうか。だったら、うちの店で働かないか？」

目黒さんは、ぎらりと眼光を鋭くする。

目黒さんが飲食店を経営し始めたことは、風の噂で耳にしていた。訊くと、現在五店舗も経営しているらしく、年収は三千万を超えているという。

「お前、昔、バーでバイトしてただろ。俺は下北沢《しもきたざわ》でバーもやってんだけど、人が足りてないんだよ。お前は料理もできるし、何かと要領もいい。よかったら、店長でどうだ？　月収は、最低でも四十万は保証するぞ」

「四十万っ？」

貧乏暮らしが続いている俺にとって、四十万という金は途方もない大金だ。

「住むところがないなら、給料が出るまで店で寝泊まりしてくれていい。気持ちが固まったら、連絡してくれ」

目黒さんは、「リュージュ」という店名が書かれた名刺を差し出してきた。

正直、迷いはなかった。名刺を両手で丁重に受け取り、目黒さんにお世話になることにした。

六等分に切った男爵いもを茹《ゆ》で、ポテトマッシャーで細かく潰す。縦に薄く切ったタマネギをレンジで加熱して辛みを飛ばし、キュウリは輪切りにして塩もみ、ハムは太めに切って味の主張を強くさせる。いもから粗熱が取れたら具材を混ぜ、マヨネーズを加えて全体をよく和《あ》える。最後に塩胡椒《こしょう》を振り、味にコクを出すために酢をかけてできあがり。

おいしいポテトサラダにするコツは、砂糖を入れて茹でること。しっとりとした茹で上がりになり、味が全体に馴染みやすくなる。

ちなみに、俺のポテサラは、絶対に皮付きだ。皮に栄養があるし、いもの風味が感じられておいしい。

俺がバーで作るつまみは、大好評だった。伊達《だて》に、自炊歴は長くない。ポテサラを中心に、それまでピーナッツぐらいしか用意してなかった店に、手作りのつまみを六種類追加した。

「すいません、ポテサラください」

「承知しましたっ」

久しぶりにやるバーの仕事は、楽しかった。店内はカウンター八席とテーブル四席で、営業時間は十七時から深夜零時まで。バーテン兼店長の俺以外に若いバイトが二人いて、以前働いていた店よりも作業は少ない。この仕事量で四十万ももらえるのかと思うと、テンションが上がってくる。

ポテサラを追加で仕込もうと、男爵いもを取りにバックヤードに移動する。狭い小部屋だが、ここで寝泊まりさせてもらっている。心の中で目黒さんに感謝していたら、テーブルに置きっぱなしにしていたスマホが振動した。妹の加奈からだ。

「もしもし」

「おにい！」

「どうした？　父さんは大丈夫なのか？」

「大丈夫だけど、一回でいいからお見舞いに来てよ、おにい！」

「仕事中なんだよ、今。切るよ、加奈。父さんのことは頼む」

俺は罪悪感を覚えながらも、電話を切る。

厨房《ちゅうぼう》に戻って男爵いもを切っていたら、カウンターでひとり呑む、スーツ姿の男性と目が合った。歳は六十歳ぐらいで、俺の父親と変わらないだろう。柔らかい眼差しが父親と重なり、思わず目をそらした。

「いらっしゃいませ」

外の冷気を引き連れて、若い集団がテーブル席にどかどかと腰を下ろした。コートを脱ぎながら、あぁ寒い、と口をそろえている。顔を赤らめている人が多いし、二軒目だろうか。

「このポテサラ、うまっ!」

届いた声に、厨房から「ありがとう」と笑顔を見せる。耳に入ってくる会話から、この若者たちはどこかの劇団に所属しているっぽい。下北沢という場所柄もあって、この店には夢を追いかける若者がよく訪れる。

「さっきの話の続きだけど、オレはやっぱ、映画はゴッドファーザーが好きだな」

背の高い若者が発した言葉に、俺は色めき立った。

「だよね。ゴッドファーザー以上の映画はないよね」

おかわりのポテサラを置くどさくさに紛れて、強引に会話に混ざっていく。

「アル・パチーノ以上の名優は、いないよ」

「オレも、同感っす。従業員さんは、映画がお好きなんですか？」

「大好きだよ。ぶっちぎりで、ゴッドファーザーが好きだけどね」

「従業員さん、亜留、ってお名前なんですか？」

制服に付けた名札を見て、その若者は不思議そうな顔をする。俺は、アル・パチーノに憧れて、今夏まで役者をしていた、と説明する。

「へぇ、すごい。なんで役者辞めちゃったんすか？」

「もう三十だし、いつまでも夢見てられないと思ってさ」

「三十で辞めるって、早くないっすか？　オレもあと四年で三十っすけど、辞める気なんて毛頭ないっすよ」

彼の言葉に、周りの若者もうんうんうなずいている。

「そんなことないよ。やっぱ金がないと、楽しくないんだよ人生は」

「いや、夢を追いかけたほうが楽しいでしょ人生は。オレなんて、芝居でメシ食えないから四六時中バイトしてますけど、生きてて楽しいっすよ。芝居をやるのが、唯一の生き甲斐なんで」

「それは、君がまだ若いからそう思うんだよ」

「歳なんて関係ないっすよ。四十過ぎてメシ食えなくても、オレは絶対やってるな芝居」

一歩も引かないこの若者を、論破してやりたいと思った。

「月収百万の仕事が見つかっても、役者は辞めないの？」

「辞めないっす」

「収入が安定しなかったら、ずっと結婚もできないんだぞ？」

「かまわないっす。ひとりで芝居やりながら生きていきます」

「嘘つけよ！」

「嘘じゃないっすよ。やりたいことやらなきゃ、生きてる意味ないっしょ」

彼が放つ目の光が、異様に腹立たしい。

「わかってないよな、君は。せいぜい苦労するといいよ」

吐き捨てるように言って、席を離れた。仕事をバイトに任せ、バックヤードで不機嫌そうに足を組んだ。

金が、あった。

とにかく、金があった。

俺の作ったポテサラが、バーの利益を押し上げた。「お前のおかげだ」と、目黒さんは当初言っていた金額以上の給料を振り込んでくれた。税金や社会保険など色々と引かれたが、今まで稼いだことのない大金を手に入れたのだ。

その金で、使い捨てのコンタクトレンズを三ヶ月分買った。

保存液も買った。

滞納していたトランクルーム代も払った。

下北沢に、アパートを借りた。

間近に迫った、クリスマスのケーキも予約した。

そして、ビュッフェにやって来た。以前、食べたくても食べられなかった、あのショッピングモールのレストランに。

このランチのために、前日から食事の量を調節するほど楽しみにしていたくせに、澄ました顔でテーブル席に着く。一刻も早く食べ散らかしたい欲を抑え、「九十分という時間制限なんて気にしてませんよ」と言うかのごとく、余裕たっぷりにスマホを触る。

俺は、おもむろに席を立った。勝ち組の雰囲気を出そうと、まずはサラダとパンで優雅に、と考えていたが、鉄板から放たれるステーキソースの匂いが鼻に届くと、理性が飛んだ。サーロインステーキを皮切りに、チャーハンや寿司、ソーセージやパスタ等々、ぎっしりと皿に載せていく。炭水化物は腹が膨れるので避けたいが、我慢できない。

席に戻り、呼吸を忘れるほど口に放り込んでいく。何を食べても、おいしい。虫歯を治療したので、噛めないものはない。染みついた貧乏性のせいで、口に合わないものを取ってきても残そうとは思わない。途中で、妹の加奈から電話がかかってきたが、食事を邪魔されたくなくて出ない。

胃袋が悲鳴を上げるのに、三十分もかからなかった。無理してもう一度ソフトクリームを食べ、最後に、きんきんに冷えた水を喉の奥に流し込んで席を立つ。あぁ、水おいしい。

味の濃いゲップをしながらエレベーターに乗ると、中は混雑していた。一階に到着し、全員が外に出るまで、俺が開くボタンを押すことに。

「どうぞ、どうぞ」

前回と違って、気持ちに余裕がある。

「ありがとうございます」

「いえ、とんでもないです」

ボタンを押しながら、金があると、人に優しくできるんだな、と考えさせられる。健全な精神はきっと、健全な収入に宿るのだ。

ショッピングモールを出て、国道を走るタクシーに手を上げた。普段から頻繁に乗っていますよ、とアピールするように、慣れた手つきを装って。

「日和神社まで」

気取った口調で告げて、後部座席の中央にどかっと陣取る。

誰かの金ではなく、自分の稼ぎでタクシーに乗っている。

その事実を嚙み締めると、妙な優越感に全身が包み込まれた。窓の向こうに見える、息を切らして自転車を漕いでいる人が、どこか小者に思えた。


「あぁ、また負けた。拓ちゃん、本当にうまくなったよね、サーブ」

日和神社の境内で、拓ちゃんと卓球をしていた。

「亜留ちゃんがくれたラケット、すごく使いやすいよ」

「そりゃ、よかった」

拓ちゃんが握っているラケットは、少し早いがクリスマスプレゼントとして買ってあげたものだ。拓ちゃんは神社に来るといつも優しくしてくれるから、気持ちばかりのお礼だ。

「松野さんっ」

参道のほうから、松野さんが戻ってきた。両手に、パンパンに膨らんだビニール袋を提げている。甘酒と草団子の材料を仕入れにいっていたのだろう。

「松野さん、これ、よかったら」

ショッピングモールで買ってきた洋菓子を差し出すと、「どうされたんですか、急に？」と彼は眉間にくっきりと皺を寄せる。

「いつもお世話になってるんで、感謝の印です。仕事で、少しお金が入ったので」

「……」

「甘酒と草団子のお金も、いずれまとめてお支払いしますね」

「役者のお仕事は、どうなさったんですか？」

されたくない質問を浴びて、思わずぎくりとした。役者を辞めたことを、松野さんにはまだ伝えていない。

「……実は、今年の夏で、もう辞めまして」

言いにくそうに報告すると、松野さんは値踏みするように俺をじっと眺める。

「もう、心残りはありません。それに、知り合いが、バーの店長として雇ってくれたんです。今は仕事が充実していて、生きてて楽しいんですよね」

「……失礼ですが、それは、亜留さんの本心でしょうか？」

不器用そうに笑う俺に、松野さんが鋭い目を向ける。

「初めてお会いした際、お芝居について語っていたあなたの目の輝きを、私はいまだに忘れられません。正直申し上げて、今のあなたは、楽しくて仕方がないフリをしているように見えてしまいます」

「……」

「それと、お父様のことは、どうなりまし――」

「あなたに、何がわかるって言うんですか！」

俺は、逆上した。

「今が幸せだったら、それでいいじゃないですか！　お金がないと、幸せもくそもないんですよ！」

隣の拓ちゃんが怯えるほど、喉から大声が出た。

異常な興奮に襲われ、高ぶった気持ちはいつまでも収まらなかった。

松野さんとお会いしてから、二日後のことだった。

「いらっしゃ――」

バーにやって来た客に挨拶しようとして、固まってしまった。

浅黒い肌、彫りの深い顔、そして、射抜くような鋭い視線。目黒さんを従えるように現れたのは、映画監督の久我山英二だった。

俺は久我山映画の大ファンで、作品は一作も欠かさず観ている。

「亜留、ポテサラ頼む」

「は、はい」

目黒さんのオーダーに、声がうわずった。慌ててポテサラを用意し、目黒さんの前に座った久我山監督に差し出す。

「皮付きのポテサラか。珍しいな」

「え、えぇ」

「味も、悪くないな」

「光栄ですっ」

恐縮しながら頭を下げると、目黒さんが「この男も、三十になるまで役者やってたんですよ」と俺を紹介してくれた。目黒さんは、久我山監督の映画に一度端役で出演したことがある。

監督が、ぎろりと俺に目を向けた。舐《な》めるように見て、「面構えは、悪くないな」と、微かに表情を崩す。

「なぜ、役者を辞めたんだ？」

口に含んだポテサラを呑み込み、監督はバーボンをくいっとやった。

「いい歳して、いつまでも夢見てられないな、と思いまして」

「じゃ、いい歳して夢見てるやつは馬鹿ってことか？」

「……」

「お前の理屈だと、夢見てるやつはみんな馬鹿ってことになるだろ。三十過ぎて、役者目指してるやつは馬鹿か？　三十五を過ぎて、お笑い芸人目指してるやつは馬鹿なのか？」

「……馬鹿だとは思いませんが、馬鹿な人生を送っているなとは、正直思います」

監督の眼光に腰が引けていたが、正直に発言する。

「お前、役者で成功するのに、一番必要なのはなんだと思う？」

監督が、ぎゅっと腕を組んだ。

「役者に必要なもの……」

「そうだ。役者にかぎった話ではなく、人生に一番必要なものといっても差し支えない。成功するには、何が一番必要だと思う？」

「……才能ですかね」

「ルックスのよさですかね」

「違う」

監督は短く否定したあと、自信たっぷりに「運だよ」と言い放つ。

「成功するやつは、みんな運を持っているんだ。ひとりの例外もなくな」

久我山監督が、ズボンのポケットからコインを取り出した。人差し指にコインを乗せ、親指を上に向けて強くはじく。コイントスだ。

「この手の中のコインが、表か裏か当ててみろ。もし当てたら、次の映画でお前を使ってやってもいいぞ」

「……」

俺は、生唾をごくりと呑み込んだ。「……表ですかね」とおそるおそる答えたが、監督が開いた手の中のコインは、裏だった。

監督は、俺から目をそらさずに言う。

「この世の中、悲しいかな、しょせんは運で決まる。だが、何事も続けないことには、運は摑めん。このコイントスも、五回もやってれば誰だって当てられるだろう。人生ってのは、そういうもんなんだよ」

監督は淀みなく言って、俺から興味をなくしたように、すっと視線を外した。

厨房に戻った俺は、呆然としながら綿のクロスでグラスを拭き始める。冷静さを装っていたが、指先が震えて高価なグラスを割ってしまった。


「ちょっといいか、亜留」

久我山監督を見送った目黒さんが、俺をバックヤードに呼びつけた。床を拭くモップの手を止めて、彼の背中についていく。

「お前、役者になる夢を、まだ捨てきれてないいんじゃないのか？」

扉を閉めるや、開口一番、目黒さんは呆れた様子で訊いてきた。誰もいないバックヤードで、「……いいえ、そんなことは」と俺は首を横に振る。

「だったら、なぜさっき、久我山監督のコイントスを受けた？」

「……」

「役者に未練がないなら、受けなくてもいいだろ？」

「…………」

黙り込む俺に、目黒さんは厳しい目を向ける。

「役者に未練があるなら、うちで働くのはやめてくれ。中途半端な気持ちで、店長やってほしくない。黙ってないで、答えてみろ。お前はまだ、役者をやりたいのか？」

「…………」

その場に立ち尽くしたまま、顔を上げられなかった。

耳に届く、かけ時計の秒針の音がやけに意識された。


個性的な古着屋や飲食店が、狭小な路地に軒を連ねている。路地の一角にはライブハウスがあり、大通りに出るまでに小さな劇場が三軒もあった。下北沢にアパートを借りて間もないが、景観を形成するパーツがそれぞれの主張を語っているようで、街全体に息吹を感じる。

今日は、クリスマスイブ。赤と白に彩られた街中を、まだ午前中だというのに、若いカップルが幸せそうに闊歩《かっぽ》している。

駅前を歩いていると、下北沢に似つかわしい、こぢんまりとした大衆食堂があった。以前、店の裏口から、見覚えのある若者がぱんぱんに膨らんだゴミ袋を手に出てきた。

バーで口論になった劇団の彼だ。

店の立て看板を見るに、この食堂は朝の七時から営業している。眠そうにポリバケツにゴミ袋を投げ入れる姿から、彼は夜勤のバイト明けに食堂のバイトを連続でやっていると見た。

俺は、店の暖簾《のれん》をくぐった。少し早いが、この食堂で昼食を摂ることに。

入り口付近のテーブルでカツ丼を食べ終えると、突然店内が騒がしくなった。

「おっ、相沢ちはるだ！」

誰かがそう言ったのを皮切りに、店内すべての視線が、店の奥に設置された液晶テレビに注がれる。

相沢ちはるは、俺も好きな役者のひとりだ。驚いたことに、画面の中の彼女は、車椅子に座っている。

「私は本年の十月二十日に、歩道橋から落下して、腰椎を圧迫骨折いたしました。残念ながらもう、自分の足で歩くことはできません。今後は、車椅子での生活を余儀なくされます。繰り返しになりますが、私はもう、二度と歩けません」

大ケガをして、歩けなくなったとネットで噂になっていたが、本当だったのか。

「私は。相沢ちはるは——。役者を、続行いたします。車椅子で、役者を続けます」

言葉に詰まっていた彼女はそう告げると、世間に叩きつけるように、自らの意志を表明する。

「どんな体になっても、人生は生きるに値することを、私は役柄を通じて表現したい」

「ですが、自分と同じ車椅子の人を勇気づけたいなどとは、思っていません。クソ安い感動ポルノに、興味はありません」

「私はただ、ひとりの役者として、この体で自分に与えられた役をまっとうしたいだけ。私は、自分が自分であるために、役者を継続いたします」

言葉に熱を込めながら、相沢ちはるは鼻水を垂らしていた。でも彼女はそれを、拭おうとはしない。見栄えを気にしない剝《む》き出《だ》しの感情に、なんて強い女性なんだ、と感嘆する。

ただその強さよりも、胸に響いてくるものがある。

無垢《むく》さだ。

芝居に対する、相沢ちはるの純粋さ。幼子が駄々をこねるような、好きなものは好きなんだという、譲れない想い。わがままだろうがなんだろうが、知ったこっちゃない。好きなもんは仕方がないだろ。彼女が浮かべる純粋ながらもどこか反抗的な目色は、そう語っている。

「私はもう、自らの足で歩くことはできません。ですが、今後の役者人生において、前に進むのをやめるつもりはありません」

「車椅子俳優の前例がないなら、私が先例となります」

彼女からは、誰かと比較する価値観が微塵も感じられない。健常者に対しても、そして、他の役者に対しても。

その一方で、俺はどうだ。

どうなんだ。

なぁどうなんだよ、亜留たけるさんよ。

夢を追いかける若者に嫉妬して、自分が逃げ込んだ防空壕《ぼうくうごう》の中に誘い入れようとする。夢をあきらめた人を見ると、自分の取った選択が間違っていなかったのが証明されたようで安心する。

俺は、本音を偽ったペテン師を演じていた。

そんなつまんない役を演じたくて、役者を志したわけじゃないんだ、俺は。

「私は、演じたい――」

俺の痛点を正確に射抜いてくるように、相沢ちはるは最後に言った。

「弱さを。

強さを。

汚さを。

美しさを。

人間を」

胸の底に無理矢理押し込めていた感情が、ゆっくりと起き上がってきた。俺に何かを伝えるように、胸一杯に拡がっていく。

背中を押してほしくて、トランクルームから取ってきた手紙に目を落とす。新宿《しんじゅく》の劇団に所属していた頃、生涯唯一もらったファンレターだ。山田和子《やまだかずこ》、という若い女性がくれたもので、俺の芝居への賛辞を並べ立てたあと、最後にこう結んである。

『才能に恵まれていても、やらない者がいる。だからこそ、凡人にも成功するチャンスがある。よしんば、目の前に現れた壁が、自分の背丈を超えるものだったとしても』

迷いが生じた時は、この手紙を持ち歩くようにしている。彼女の言葉に、今まで何度勇気づけられたかわからない。

食堂を出ると、厨房で働いていた劇団員の若者が、ゴミ袋を手に裏口からとぼとぼと出てきた。だが、袋の結び方が緩く、つまずいた拍子に中身がばさっと外にこぼれ落ちてしまう。

ぴゅうっと吹きつけてきた寒風が、野菜の切れ端を掃いていく。彼は地面に膝をつき、素手で生臭いゴミをかき集め始める。

俺は、彼のそばに寄った。同じように膝をつき、かじかんだ手で袋にゴミを詰めていく。

「あっ、この前の」

俺は、返事をしなかった。手をそろえて温かい息を吹きかけ、黙々と手を動かしていく。

クリスマスイブに、生ゴミを素手でかき集める。

一見すると惨めだが、そんな自分をどこかおかしく思えた。

俺は目黒さんに、バーの仕事を辞めると伝えた。

目黒さんは、怒らなかった。「そう言うと思ったよ」と笑みを浮かべ、「正月明けに、ある映画のオーディションが行われる」と、情報を教えてくれた。

相変わらず、目黒さんは懐が深い。頼み込めば、バーの仕事を続けながらオーディションを受けさせてもらえるかもしれないが、甘えるわけにはいかない。退路を断ち、「これが、本当のラストだ」と言い聞かせて、最後のオーディションに臨む。

見た目を少しでも良くするために、カリスマ美容師に髪を切ってもらった。

オーディション用の台本を読み込み、腹に落ちるまで徹夜で何度も復唱した。

役への意気込みを見せるべく、体重を五キロ落とした。

しかし、
人生は、
そんなにうまくできていないようだ。

映画のように、ハッピーエンドになるとはかぎらない。どれだけ熱くなっても、どれほど努力しても、ダメなものはダメ。無理なものは無理。幾度となく突きつけられてきた現実に、俺は再び直面することになる。

「今回は、縁がなかったということで」

オーディションから二日後、電話で伝えられた結果は、不合格――。

審査を務めた映画プロデューサーは、俺の演技を絶賛してくれていた。

だが、俺よりも優れた役者がひとりいれば、アウトだ。もしくは、たとえ演技に秀でていようとも、制作側が求めている役者像とミスマッチだったら、オーディションは落選する。

——この世の中、悲しいかな、しょせんは運で決まる。

いつぞや、久我山監督が言った言葉が、頭をかすめる。

「すいません、今月の家賃、少し待ってもらえないでしょうか？」

アパートの下で出くわした大家さんに、俺は平身低頭していた。職を失い、再びトランクルームで夜を明かす未来を想像すると、頭がくらくらしてくる。

部屋に戻ろうと階段を上り始めたら、再び電話が鳴った。「やっぱり、オーディションは合格です！」と言われるミラクルを期待してスマホを握ったが、妹の加奈からだった。

「おにい！」

「なんだよ、加奈。父さんに、何かあったのか？」

「違うよ。ママがおにいに会いたいって言うから、代わりに電話してるの。おにい、今どこに住んでるの？」

オーディションに落選して、異常なまでに人恋しかった。

「……わかった。じゃ、今から行く」

俺は、指定された下北沢の喫茶店に出向くことにした。

重厚な木製の扉を引くと、カランコロン、とドアベルが鳴った。

ひっそりとした店内は、空調と換気扇の音だけしかしない。コーヒーの香りを鼻で感じながら店内を見渡すと、最奥のテーブルに加奈がいた。タバコの紫煙をくゆらす老人を横目に、緊張した面持ちで角を曲がっていく。

「……お待たせ」

ソファに静かに腰を預けると、加奈の隣に座る母さんがじろりと俺を見た。母さんと顔を合わせるのは、十二年ぶりだ。

母さんは、来月に還暦を迎える。髪に白いものが増え、体も一回り小さくなっている。

「……ずっと連絡しないで、ごめん」

俺はテーブルに手をついて頭を下げたが、母さんは何も言わない。

「…………」

店内の静寂を上塗りするように、沈黙が続く。

俺をじっと見ていた母さんが、やがて静かに口を開いた。

「お昼は？」

「えっ」

「お昼は食べたの、猛？」

「……まだ、だけど」

困惑したような目を向けると、母さんはメニュー表を開いて差し出してきた。

「どうせ、お金がなくて、ろくなもん食べてないんでしょ。とりあえず、なんか食べな」

「……いや、俺なんかが食べるわけには――」

「いいから、食べな」

母さんが、俺の胸にメニュー表を押し当ててきた。遠慮気味に、「じゃ、これ」とカレーの写真を指差すと、母さんがウェイターを呼びつけた。

「カツカレーの大盛り、三つください」

母さんの隣に座った加奈が、ふふと白い歯をこぼす。

母さんも加奈も、昔から食は細い。俺だけ大盛りにすると気が引けるだろうからと、気を遣ってくれているのだろう。

「このカツ、思ってたより多いわね。食べてよ、猛」

「確かに、多いね。私のも食べて、おにい」

届いたカレーのカツを、二人とも俺の皿に入れてくる。

分厚いカツを口一杯に頬張りながら、視界が滲んできた。俺は家を飛び出し、親に一切連絡しなかった。父親が病気になったというのに、ないがしろにした。そんな人間にさえ向けてくれる家族の愛情に、胸が詰まる。

一緒にカレーを食べながら、おじいちゃんもおばちゃんも元気でやっていると、母さんは教えてくれた。加奈は渋谷《しぶや》のブティックで働いていて、まだ独身らしい。

「……実は、去年の夏に役者を辞めたんだよ、俺」

全員がカレーを平らげたタイミングで、切り出した。母さんは、「やっぱりね」と口元に薄い笑みを浮かべる。

「去年、あんたを見かけた加奈が、様子がおかしかったと言ってたのよ。それを聞いて、辞めたんじゃないかと薄々思ってたのよね」

「……」

「……ところで、お父さんのことだけど」

母さんは声のトーンを落とし、父親の容態を語り始めた。

脳梗塞になった父親はもう、退院して家にいるらしい。現在も春日野病院に通ってリハビリをがんばっているが、体に残った麻痺のせいで杖《つえ》が手放せないという。

「それと、これは猛には絶対に言うなと、お父さんからずっと釘を刺されてたんだけど」

母さんは、そう前置きしてから教えてくれた。

「お父さんはね、私と結婚する前、実は役者をやっていたの」

「えっ」

「でも、とんでもなく苦労した末に、結局ものにならなかった。自分と同じ苦労をさせたくなくて、あの時あんたに、家を出ていけ、と怒鳴りつけたんだと思う」

言葉を失う俺に、加奈が「わたしも、この前知ったのよそれ」と付け足してくる。

父親は、大学時代に演劇部に所属し、三十歳まで東京の劇団に入っていた、という。

だが、芝居では全くメシが食えず、その後サラリーマンをやりながらも、たまに映画やドラマのオーディションを受けていたらしい。

俺は、驚きに打たれていた。

まさか、あの父親が役者をしていたなんて――。

呆然とする俺に、母さんは続ける。

「でも、なんだかんだで、お父さんはあんたのことを応援してたのよ。だって、毎日のように、ネットで『亜留たける』と検索してたんだから。あんた一時期、新宿の小劇場に出てたでしょ。ひそかにあれ、お父さんと一緒に観に行ってたのよ私」

「……」

「今日は、そのことを伝えたくて、あんたを呼び出したの。家を飛び出した手前、お父さんに対して突っ張る気持ちはわかるけど、気が向いたら一度、家に戻ってきなさい。じゃ」

ここは、俺が払うよ。俺がそう言い終わるのを待たずに、母さんはさっと伝票を奪い取った。俺に小さく会釈し、加奈とともに店を出ていった。

「そこのお兄ちゃん。一局指さないか？」

日和神社の境内で、学生服を着た男の子に声をかけた。以前、この神社で見かけたことのある若者だ。

母親と再会した昨日、父親との記憶を思い起こしていたら、久しぶりに将棋を指したくなった。境内にゴザを敷き、トランクルームに置いてあった将棋盤を持ち込んでいる。

茶トラの猫を抱えて前に座った彼は、中野明人です、と名乗った。高校一年生らしい。

「……明人君は、自分の親について、どう思ってる？」

将棋を指しながら、唐突に尋ねた。

明人君は、今までずっと部屋に引きこもっていて、ちょうど今日から学校に行き始めたらしい。

彼は、自分の親について、こう語った。

「ボクの親は、両親ともに、常識的に生きさせようとする人で、特に母親とは、今まで何度も衝突してきました。でも、母親は、決して悪い人ではありません。ボクへの文句も、すべてボクの将来を真剣に考えてくれた上での助言です。ここまで育ててくれたことには、感謝しかありません」

この若者は、しっかりしているな、と感心した。何があったか知らないが、妙に達観している。

対局は、俺が勝った。明人君が神社を出たのを確認し、手水舎の前からこっちを眺めていた松野さんに歩み寄る。

「この前は、失礼なことを言って、すいませんでした」

前回の非礼を詫びると、松野さんは何も返さず、ニコリと微笑む。

「……実は、母親と、十二年ぶりに再会しまして」

俺は、昨日の出来事を伝えた。

「父親とも会って、今までの不義理を詫びたいと思っています。ですが正直、合わせる顔がなくて」

気乗りしない顔つきの俺とは対照的に、松野さんは表情を引き締める。

「私はもう、両親とも亡くしていますが、生きているうちに、もっとできた孝行があったのにと、随分と後悔したものです。とりわけ、ありがとうと、ごめんなさいの言葉を、きちんと伝えておきたかった」

松野さんは鼻から太い息を吐き出し、少し遠い目をする。

拝殿の前で、ひとりの老人が手を合わせていた。彼は、杖を突いている。お祈りを終えると一歩ずつ近づいてきて、松野さんに会釈をする。

「お知り合いですか？」

深々とお辞儀を返した松野さんに目を向けると、「今、去っていかれたご老人は、百日詣をなさっているのです」と教えてくれた。

「百日詣？」

「ええ。お百度参りという言葉を、聞いたことがあると思います。お百度参りは元来、神社に百日連続で参拝するため、百日詣と呼ばれていました。ですが、百日も連続で神社に通うのは、現実的には難しい面がございます。ですので日数ではなく、百回お参りをするお百度参りに変わっていきました。ところが、中には先ほどのご老人のように、より高い祈願を実施するべく、百日連続で参られる方がいらっしゃるのです」

「あのご老人は、何を祈願されているのですか？」

「ご子息が、大病を患われているそうです。ご老人はもう八十歳を越えておられて、ご子息も五十を過ぎてらっしゃいます。いくつになっても、我が子は我が子なのです。御み足が悪いのに、ご子息の病気の平癒を願って、雨の日もご参拝なさっているのです」

「……」

「ご子息の余命は、もうあまり長くないと、診断されているそうです。ご子息は、メガネをかけておられました。ですが先日、ご老人は彼に、レーシックの手術を受けさせました。なぜだかわかりますか、亜留さん？」

　首を横に振ると、松野さんは微かに目を潤ませて言う。

「あの世では、メガネをかけられるかどうか、わからない。目が見えないと、三途《さんず》の川《かわ》を渡るのは大変だろう。だからご老人は、わずかな貯金を崩してご子息に目の手術を受けさせたのです。親というのは、そういう存在なのですよ、亜留さん」

「………」

ふいに、冷たい風が吹きつけてきた。耳元を通り過ぎていく風の響きが、どこか悲しげに聞こえる。

「……私は、今から二十年ほど前に、我が子を失いました」

松野さんが、唐突に切り出した。

知らなかった。

てっきりずっと独身だと思っていたけど、まさかお子さんを亡くしていたなんて。

「今でも、毎日のように思い出します。家族で、鍋を囲んだ幸せな時間を。息子に、網で豆腐をすくってあげたことを」

「……」

「親が子を想う気持ちは、子が親を想う気持ちの、何百倍も強いです。たとえ我が子が人を殺《あや》めたとしても、かばう。親というのは、そういう生き物なのです。亜留さん――」

松野さんは俺の名を呼び、目に力を込めた。

「親が子を想う気持ちを、もう少し信じてみてはいかがでしょうか？」

商店街のアーケードを抜けると、見覚えのある一軒家が視野に入ってきた。台東区の南側、浅草から少し離れた住宅街の一角に、俺の実家はある。

浅草のトランクルームを借りているとはいえ、実家近辺を通るのは意図的に避けてきた。下町の風情が残る街並みは、十二年前となんら変わっていない。

アコーディオン型の門扉を引くと、俺の到着を待っていたかのように、扉の向こうから母さんと加奈が出てきた。緊張で顔を強張らせる俺とは対照的に、二人ともニヤニヤしている。

「この前は、ありがとう。それと、急に戻るって連絡して、ごめん」

こくんと頭を下げると、「そんなの、いいからいいから」と加奈がコートの袖を引っ張ってきた。

「……これ、よかったら」

家に入り、ダイニングのテーブルに、どら焼きの入った紙袋を置いた。

「ふふ」

「……何がおかしいの、母さん？」

「いや、しばらく見ないうちに、そういうのを覚えたんだなぁ、と思って。ふふ」

母さんはうれしそうに口元を綻ばせ、ダイニングの椅子に座るよう促してくる。

父さんは、一向に現れなかった。所在なく貧乏揺すりをしていたら、家の奥から、「書斎に来い」とぶっきらぼうな声が聞こえてきた。父さんだ。

硬い顔つきで、書斎に向かう。障子をゆっくりと開け放つと、畳の上に、脚の付いた木製の将棋盤が置いてある。

駒は、方々に散っている。この駒の配置に、見覚えがあった。父さんとケンカをして家を飛び出した際、対局が中断した。父さんはその駒を、この十二年そのままにしておいたのだ。

ほどなく、書斎のもう一方の障子がすっと開いた。父さんは俺と目を合わさず、杖を突いてとぼとぼと中に入ってくる。肩を貸そうと一歩近づいたが、父さんはやめろとばかりに手で制してくる。慎重に膝を折り曲げて腰を下ろすと、そこに座れと、向かいの座布団を指差してきた。

父さんは、昔よりもはるかに痩せ細っていた。当時は髪を染めていたが、今はもう老いに抗うのを放棄したのか、髪の毛は真っ白だ。

父さんを目の前に眺めていると、頭によぎるものがある。家を出ていけと命じたのは、父さんだ。正直、反発したい気持ちは今でも残っている。

でも、老け込んだ現在の姿を見ると、そんなわだかまりは霧散した。ただただ、こんなに年老いるまで何もしてこなかった自分の不誠実さを、許せなくなる。

「父さん――」

俺は謝罪の言葉を口にしようとしたが、それを遮るように父さんは飛車の駒を掴んだ。

「心配しなくても、お前がいなくなってる間、次に何を指すか長考してたわけじゃない。この駒を見るのは、十二年ぶりだ。俺はそんな卑怯《ひきょう》なことはしない」

駒を置こうとする父さんの右手は、ぷるぷると震えていた。脳梗塞の後遺症だろう。

俺は、父さんの右腕をぎゅっと掴んだ。

「どこに駒を置くか、言ってくれ。俺が置く」

「駒ぐらい、自分で置――」

「いいから、言ってくれ！　俺に、手伝わせてくれ！」

「……」

「お願いだから、俺に置かせてくれ。お願いだからっ！」

声が潤んでいることに気づいて、誤魔化すように俺は続ける。

「駒を相手に置いてもらうのは、ハンデでもなんでもないよ。心配しなくても、最終的には俺が勝つから」

「……」

父さんは目を細めると、照れくさそうに、四六飛車、と口にした。駒を受け取った俺は、その位置に飛車を置く。

「……五三角」

「わかった」

「……」

「……」

「…………」

「……………コホン」

沈黙を意識してしまって、気まずかった。お互い何を話せばいいかわからず、気を遣い合っているのが伝わってくる。

「……お茶、置いとくね」

突如現れた加奈が、俺と父さんのそばに湯呑みを置いた。

「パパは、おにいとずっと将棋をやりたがってたのよ」

「余計なこと言うな、加奈」

父さんが顔をしかめると、加奈はいたずらっぽい笑みをたたえる。

でも、硬かった空気が少しほぐれた。

加奈はきっと、牽制《けんせい》し合う俺たちの潤滑油となるために、やって来たのだろう。おそらく、俺たちの性格を一番よく知っている、母さんの指示で。

「……今でも、将棋はやっているのか？」

加奈が書斎を出ていくと、父さんは表情を和らげた。

「……たまに」

「にしては、相変わらず銀の使い方が甘いな、猛は」

「父さんのほうこそ、飛車さえ動かせばなんとかなると思ってる稚拙さは、変わってないよね」

「よしんば、そうだとしても、最終的に勝てばいいんだ」

「まぁ、勝つのは俺だけど」

「……ふん」

「ふふ」

笑うと、肩の力が抜けた。

気分が和らぎ、いつ言おう、いつ言おうと悩んで喉の奥に留まっていた言葉を、吐き出すことにした。育ててくれた親に、一社会人として、きちんとけじめをつける必要がある。

「……父さん、俺、役者を辞めたんだ」

俺は、体の深いところから息を吐き出した。

「自分なりにがんばったつもりだけど、ダメだった。家を飛び出した時、偉そうに啖呵を切ってごめん。ごめん。……本当に、ごめん」

俺は膝に手を乗せて頭を下げたが、父さんは何も言わない。俺から視線を外し、あごに手を当てて思案顔をしている。

「……ところで、母さんが教えてくれたよ。父さんも昔、役者をしていた、って」

母さんに悪態をつくかと思いきや、父さんは何も返してこない。あごに手を当てたまま、「五二歩」とぽつりと告げる。

「…………」

再び、沈黙に支配された。

イグサの香りが漂う書斎に、父さんが発する駒の位置と、ぱちぱちと駒を指す音だけが鳴り響く。

「……芝居は、好きか？」

突然、父さんが俺にすっと目を向けた。

俺は返事ができなかったが、やがて小さくあごを引く。

「好きなことなのに、辞めるのか？」

「……」

「俺でも、三十五までやったぞ」

何も返答できない俺に、父さんはまくしたてる。

「お前は、本当はどうしたいんだ？　何か仕事を見つけて安定した職に就くのか、それとも、ものになるかどうかわからない、大変な人生を歩むのか？　どっちだ？」

「……」

「答えられないなら、質問を変える。やり切ったのか？　芝居をはじめ芸能の世界は、ルックスの良さや金、運やコネで勝敗が決まるカオスな世界であることは、お前も経験してわかっているだろう。だからといって、ごちゃごちゃ言ってても仕方がない。お前はそこで、後悔しないレベルまでやり切ったのか？」

「……」

「黙ってないで、答えてみろ。お前は、後悔しないレベルまでやり切ったのか？」

「…………俺は。……俺は」

言葉に、詰まった。

だが、背中を押してくれるように、熱いものが込み上げてきた。

「まだ、やり切ってない。正直……。正直、まだ役者をやりたい」

「なぜだ？」

「……」

「なぜ、まだ芝居をやりたい？」

「……好きだから」

「……」

「芝居が、…………大好きだから」

目から、一筋の涙がこぼれ落ちた。

「どれだけオーディションに落ちても、芝居をやりたい気持ちが一向に消えないんだよ。本当は、早く消えてほしいんだよ、この想いが。跡形もなく消え去ってくれたら、すっぱりあきらめて別の道に進める。でも、消えてくれないんだよずっと」

頬を伝ってきた涙が、首元を濡らした。目元を拭う俺に、父さんが言う。

「ゴッドファーザーに出た頃、アル・パチーノはまだ、無名同然だったぞ」

「……」

「あと、五年やる」

「……えっ」

「あと五年、死ぬ気になって、役者をがんばってみろ。それでも、もしダメなら──」

父さんは、少し間を取ってから告げた。

「介護の資格を取って、父さんの世話をしろ」

王手だ。

父さんはそう続けて、手をぷるぷると震わせながら、駒を動かした。

俺の力を借りることなく、自らの手で──。

詰みだった。

しばらくして、肩が小刻みに震え始めた。父さんが王手をかけた、最後の駒。「歩」だったその駒はひっくり返り、「金」に変わっていたからだ。

父さんが何を伝えたいのかを、理解した。

俺は、思う。

この父親のもとに生まれてよかった、と。

「……父さんは、なぜ役者で成功する夢をあきらめたの？」

俺は、鼻に溜まった涙をすすった。

「俺の場合は、もっと大切なものが見つかったから、役者を辞めた」

「……大切なものって、何？」

「家族だ」

「……」

「俺は、夢よりも家族を取った。売れもしない役者をだらだらとやって、適当に野垂れ死のうと思ってたところに、母さんと出会ったんだ。猛と加奈が小さかった頃、一緒に風呂に入るのが楽しくてさ。湯船で顔にお湯をかけてやったら、二人ともキャッキャ喜ぶんだよ。どうしようもないやつだった俺に、家族のみんなが所帯を持つ幸せを教えてくれたんだ。でも、お前は違うだろ。まだ戦い終えてないんだろ、猛？」

俺は、黙って首を縦に振る。

「役者をやりながら、色々と辛い経験をしてきただろう。時には、人に裏切られることもあったかもしれない。けれども、自分で自分を裏切るようなことだけは絶対にするな。生きていくうえで、楽になれる方法なんていくらでもある。絶えない苦労や、無理してやってることから逃げれば、解放されて楽になる。でも、楽になるのと幸せはイコールじゃない。お前は、人生を賭けられるものに巡り会えた。これを幸福と呼ばずしてなんと呼ぶんだ」

「………ありがとう、父さん。本当に、ありがとう。……ありがとう」

「礼を言うのは、こっちのほうだ。猛を見てたら、俺ももっとリハビリをがんばろうという気になった。……ありがとう」

障子の向こうから、うっすらと西日が差してきた。日が将棋盤を覆い、書斎を茜《あかね》色《いろ》に染めていく。

「……父さん、じゃ、俺、行くわ」

立ち上がって背を向けると、「最後に、ひとつだけ訊かせてくれ」と、父さんが背後から尋ねてきた。

「お前、この将棋、わざと負けただろ？」

「……」

「体が不自由になった俺に、自信を持たせようとでも思ったのか？」

俺は、障子の前で立ち止まった。口元に笑みを刻み、ゆっくりと振り返った。

「そっちだって、負けようとしてたじゃないか」


金が、なかった。

とにかく、金がなかった。

でも、お金以上に大切なものを、俺は二つ手に入れた。

一つ目は、家族。

父さんに母さん、それに加奈。

自分に何かあった時、捨て身になって助けてくれる存在は、家族しかいない。愛し愛される家族の存在は、札束のピラミッドよりも価値があるものだ。人類が今まで生き残ってこれたのは、家族という精神的支柱があったからこそだと思う。

無論、家族に甘えるつもりは毛頭ない。母さんは、「実家に暮らして役者を目指しなさい」と提案してくれたが、断った。目黒さんが、経営するラーメン屋の皿洗いとして雇ってくれることになったし、今後も親の支援を受けるつもりはない。

でも、辛い時は、家族に相談しようと思う。実家に戻って、言葉を交わそうと思う。

そして、もうひとつ手に入れたもの。

それは、心だ。

正確に言えば、自分の好きなものに対して、正直である心。

それを教えてくれたのは、女優の相沢ちはるであり、父さんであり、そして——。

「——亜留さん、ご成長されましたね。素晴らしい」

父親と仲直りしたことを報告すると、松野さんは晴れやかな笑みを浮かべた。

「それと、役者を続けることにしました」

照れくさそうに頭の後ろをかくと、松野さんは目を細める。

「いくつになっても、思い立った時、そこがスタート地点になります。そのあと、何に重きを置いて生きるかは、人の自由でしょう。でもやっぱり、自分の気持ちに嘘をついてはいけませんよね。人間は結局、自分の好きという気持ちには抗えませんから」

黙ってあごを引くと、松野さんは達観したような口調で言った。

「勝つ人はきっと、孤独に勝った人ですよ」

拓ちゃんが、「亜留ちゃん、卓球しよう」と歩み寄ってきた。「拓ちゃんは将来、何になりたいんだ？」と尋ねると、「卓球選手！」と目を輝かせる。

俺は、思った。

残されたこの五年という時間は、弱さの顔を出した自分との本気の殴り合いになる。

また、トランクルームで寝泊まりしてもいい。ワンデイのコンタクトを二週間使ってもいい。自分の気持ちを欺くよりも、貧乏暮らしのほうがよっぽどましだ。

以前、ショッピングモールのビュッフェで食べた時、一番おいしいと思ったのは、腹がはち切れそうになるまで食べたあとに呑んだ、冷たい水だった。ステーキよりも、寿司よりも、最後に呑むタダ同然の水が一番おいしい。俺にはそれが、何かの戒めのように思えた。

　自分が生涯を終える時、最後に呑む死に水は、どんな味がするだろう。それはきっと、人生に後悔が少ないほど、おいしい味になる。

　だから、やるしかない。

　孤独に、勝つしかない――。

　拳を固く握り締めていたら、スマホに見知らぬ番号から電話がかかってきた。不審そうに出ると、電話の相手は「久我山だ」と名乗る。

「く、久我山監督ですか？」

「そうだ。目黒から、お前の連絡先を聞いた」

　久我山監督は、近々、新作映画のオーディションをやるから受けに来い、と続ける。

「……なぜ、僕に声をかけてくれたんですか？」と驚くと、監督は教えてくれる。

「それは、お前に運があるからだ」

「えっ。でも、あのコイントス、僕ははずしたのですが」

「あんなものは、ただの余興にすぎん。そもそも、お前には運があった。なぜなら、俺と出会えたからだ」

「……」

「お前が目黒の店で働き始めたのが、一つ目の運だ。そして、目黒が俺にお前を紹介したのが二つ目の運。お前はすでに運を引き寄せてるんだよ。俺は、人の縁というものを大切にする。俺も縁に恵まれて成功してきたからだ。それと、なにより──」

監督はそこで一拍置いてから、言った。

「お前が作ったポテトサラダ。あれがよかった」

「えっ」

「皮付きのポテサラなど、おそれ多くて客に出さねぇんだよ普通は。皮付きにしたのは、お前のこだわりか？」

「……はい」

「こだわりを押しつけてくるやつは、嫌いじゃない。俺がそうだからな。自己主張のあるやつを俺は歓迎する」

「あ、ありがとうございますっ」

「勘違いするな。もう役が決まったわけじゃない。オーディションを受けに来い、と言ってるだけだ。お前は運を摑んだ。あとはその運を、どう使うかだ。オーディション、死ぬ気でやれ。時間と日時は、追って連絡する」

監督は力強く言って、一方的に電話を切った。松野さんに、著名な監督からオーディションの誘いがあったと報告すると、彼は我がことのように喜んでくれる。

みゃあ。

以前、おにぎりを分けてあげた猫が、足元に寄ってきた。

「たくさん稼げるようになったら、うまいもん食わせてやるからな」

俺は腰を屈め、猫の頭を撫でる。

視線の先で、杖を突いた老人が、今日も百日詣をしていた。父親として、彼が息子を想う気持ちを想像すると、胸が詰まると同時に尊敬の念を抱く。

父さんと再会して以来、俺はひとつの疑念を持っていた。

俺の役者人生の中で、唯一もらったファンレター。そのファンレターは、新宿の劇団に所属していた時、手渡しではなく、郵送で劇場に届けられた。山田和子、という若い女性が送ってくれたもので、手紙の最後にこう書かれてある。

『才能に恵まれていても、やらない者がいる。だからこそ、凡人にも成功するチャンスがある。よしんば、目の前に現れた壁が、自分の背丈を超えるものだったとしても』

冷静に読めば、文章はかなり年寄りくさく感じる。若い女性が、「よしんば」なんて言葉を使うだろうか。山田和子、という名前も、どこか嘘くさい。

俺の父さんは普段、「よしんば」という言い回しを頻繁に使う。

この手紙は、父さんが送ったのではないだろうか。

だとしたら、役者を辞めたいと落ち込んでいる時、いつも俺を思いとどまらせてくれていたのは、実は――。

他にも、今になって思うことがある。

高校を卒業した時、父さんは、俺をわざと家から追い出したのではないか。

サラリーマンをやりながら、中途半端に夢を捨てきれなかった自分のようにではなく、やるなら徹底的にやれ、と伝えたくて。それこそ、元役者として、俺に腹をくくらせるために、一芝居打ったのでは。

天を仰ぎ見ると、空が染めたように青い。無限の可能性を伝えてくるかのように、どこまでも果てしなく広がっている。

思えば昨日、将棋に負けたのに、投了の言葉を言い忘れていた。

次に父さんと会ったら、こう言おう。

参りました、と。

第五話　神様の絆創膏

「本日十三時八分頃、浅草橋《あさくさばし》駅で発生した人身事故の影響で、電車は引き続き、緊急停車しております。ご乗車の皆様には、大変ご迷惑をおかけしております。なお、現在もまだ、運転再開のメドは立っておらず――」

数分おきに繰り返されるアナウンスに、乗客全員がうんざりしたような顔をしている。

でも、私は違った。

つり革を持ったまま、この状態が永遠に続いてくれてもよかった。

もう、何もかもがどうでもよかったから。

――残念ですが、がんは肝臓にも転移しています。

三日前、浅草の春日野病院で宣告された。

大腸がんのステージⅣ。余命は、持って半年。

手術をすれば、数ヶ月ほどの延命は可能だという。

だが、辛い抗がん剤治療を受けることになる。還暦の私に、耐えられるだろうか。薬の影響で、髪の毛も抜けるだろう。その辛さと引き換えに、寿命を数ヶ月延ばしたところで何になるというのだ。それの何が幸福だというのだ。

私に与えられた選択肢は、三つ。手術を受けるか、緩和病棟やホスピスに入るか、あるいは、生きるのを放棄するか。

先ほど、電車に飛び込んだ人のように――。

「いつ、運転を再開すんだよ！」

後部車両からやって来た乗務員に、リュックを背負った中年男性が目を尖らせた。

「本当に、申し訳ございません。いまだ、運転再開のメドが立たなくて」

「ふざけんなよ！　きちんとやってんのかよ、てめえ！」

男性の怒りは、一向に収まらない。だが、憤りながらもどこか余裕を感じさせる顔つきに、相手が言い返せないのを知っていて、普段の憂さを晴らしているようにも見える。

下腹が突き出た妊婦らしき女性が、優先座席の前でつり革を握っていた。座席に腰を下ろした人たちは、誰ひとりとして席を譲ろうとしない。彼女の前に座ったサラリーマン風の男性は目を閉じ、だんまりを決め込んでいる。

彼女の背後には、四人がけのボックスシートがある。通路側に座る鼻ピアスをした青年が、窓側の空席にトートバッグを置いている。

「すいません。妊婦の方がいらっしゃるので、そのバッグをどけてもらえないでしょうか？」

私はその青年に近づき、申し訳なさそうな顔を向けた。彼はバッグをどけてくれたものの、私を一瞥《いちべつ》して不機嫌そうに足を組む。妊婦さんを席に誘導し始めても、彼は時折、私に鋭い目を向けてくる。

元いた場所に戻ろうとしたら、先ほどまで掴んでいたつり革が誰かに奪われていた。そのつり革を掴む女性は、私が妊婦さんを誘導するため場所を離れたのを知っているはずなのだ。

目に映る人たちが、何か得体の知れないものに思えて薄気味悪い。人間社会の縮図がこの車両に存在しているような気がして、気分が悪くなってくる。

寄りかかるように優先座席の手すりを掴むと、つり革を握る女性がメールを打っているのが見えた。目に飛び込んできた文章に、心臓がどくんと跳ねる。

『人身事故で、電車が止まってる。死ぬなら、人に迷惑かけずに死ねよ。最悪』

今の私には、電車に飛び込んだ人の気持ちが理解できる。

なぜ、命を絶つほど追い込まれた人の気持ちをわかってあげないのか。

ボタンをひとつかけ違えれば、誰だって今回飛び込んだ人と同じような状況に追い込まれる。競争社会というのは、それほどまでに危ういものだ。私のように、いつ大病を患うかもわからない。電車で席に座る側になる時もあれば、立つ側になる時もあるのだ。

　この国では、交通事故で亡くなる人が、一年間に三千人近くいるという。逆に言えばそれは、ひき殺す人が三千人近くいることを意味している。この車両の中にも、いるかもしれない。ひき殺される人と、ひき殺す人が。

　さっきまで、幸せそうな顔をしていた人が。

　もうすぐ死ぬことを知らずに。

　もうすぐ誰かを殺すことを知らずに。

　もし私が電車に飛び込んでも、きっと誰も私に想いを馳《は》せてくれないのだろう。

　とはいえ、余命を宣告される前の私はどうだったか。人身事故で電車が遅延した時、電車に飛び込んだ人の気持ちを想像していたか。いや、していなかった。それどころか、乗務員に八つ当たりしたい気持ちすらあった。だとしたら、私も人に言う資格はないではないか。私も、つまらない人間ではないか。

　人間が、怖い。

　人間のいる世界が、怖い。

　人間のいる世界で生きていくのが、怖い。

　そもそも、人間とは何なのだ。

人生とは何なのだ。

死ぬとはどういうことなのだ。

そして、
人は、なぜ生きるのだ？

心に積み重なっていく問いかけと絶望に、息をするのが辛くなる。

波が寄せるように、吐き気を催した。堪え切れず、慌てて口にハンカチをあてがう。

私の異変を察知した周囲の人たちが、突き放すようにさっと離れた。申し訳なさそうに床に垂れた吐瀉《としゃ》物を掃除していると、先ほどの妊婦さんが私に気づかず、呑気にスマホを触っているのが見えた。

病院での簡単な検査を終えて、廊下に設置された体重計に乗った。体に異変を感じてから、たった二週間で六キロも減っている。頬を触ると、面長の顔が小さくなっているのがわかる。大病の発覚で気細くなったこともあり、百六十あった身長も心なしか縮んだように思える。

生活する分にはまだそれほど支障はないが、下痢や貧血は頻繁に起きる。先ほど電車に閉じ込められていた時も、手すりを摑みながら貧血で何度もくらくらしていた。

「あの女の子は、小児がんみたいだね」

「そうなんだ」

患者が向ける視線の先に、痩せ細った少女がいる。隣にランドセルを背負った少年がいて、二人で待合室の椅子に座り、紙飛行機を折っている。

「あの女の子、もうあまり長くないみたいよ」

「あと、どれぐらいなの？」

耳に届く会話に、節度がないな、と心がざわつく。先ほどから話をするこの中年女性二人は、少女を心配するというより、雑談の話題として彼女を取り上げているだけのような気がしてならない。命の重みは、その苦しみを自身か、あるいは家族という立場で経験しないと、重量をなんら伴わないのではないか。自身と家族、両方の立場で身に染みている私にとって、待合室をサロン代わりにするような軽口に、心中穏やかではいられない。

「初音は、もし退院許可が出たら、どこに行きたい？」

現れた父親とおぼしき男性が、少女の前で腰を屈めた。

「遊園地に行きたい！」

少女がうれしそうに目を輝かせると、今度は母親らしき女性が「初音は、外で何が食べたい？」と顔を近づける。

「焼肉が食べたい！」

子供らしい無邪気な回答に、私の口元が綻ぶ。

少女の両親は、歳のわりに、ともに白髪が多い。心中を察すると、不憫《ふびん》でならない。

「試し運転！」

紙飛行機を折り終えた少女が、頬に笑みを漂わせた。廊下で飛行機を飛ばすと、赤い紙飛行機はぐるぐると旋回し、私の前でぽとりと落ちる。

目の前に来た彼女は、頬がこけてげっそりとしている。拾って渡してあげると、

「おばさん、ありがとう」と、力を振り絞るようににっこりと微笑む。

彼女のその言葉に、悩みが入れ替わるように、心が暗い闇に侵食された。

悲しみの記憶というのは、ふいにその当人に忍び寄り、背後から全身を抱擁するかのようにやって来る。大量のハチミツに浸された、おいしいパンケーキを食べている時でさえ。

私には、厚志《あつし》という名の、ひとり息子がいた。

本当に優しい子で、私が風邪を引くと、心配だからと、いつも隣に布団を敷いて一緒に寝ようとしてくれた。中学生になっても、高校生になってからも。

彼が小学三年の時、私の誕生日に、三百円を出して、ノートとペンを買ってきてくれた。子供目線で選んだプレゼントがいじらしく、今でもそのノートとペンは使わずに取ってある。中学生になっても、高校生になっても、私が誕生日の時は、夫と一緒にいつも厚志は祝ってくれた。

最愛の、息子だった。

彼が心臓の病気になれば、二秒とかからず自分の心臓を差し出せる。

だが、彼は高校一年の夏、突然この世を去った。

今から十九年前の、七月十一日、午後五時十八分。

彼は、自宅近くの高層ビルから飛び降りた。

「じゃ、行ってきます。母さん、おいしいお弁当、いつも本当にありがとう」

亡くなるその日の朝、学校に向かう玄関で、厚志は私にお礼を述べた。

普段から、ことあるごとにお礼を口にする子だ。この時も、ありがとう、と言われてさして気にも留めなかった。

だが、彼は扉を出たところで、玄関口に立つ私に振り返った。その際、一瞬だけ、翳《かげ》りのある表情を浮かべたのだ。

思い詰めている人は、愛する者に自死のサインを伝えようとするという。

今思えば、なぜあの朝に見せた顔つきがサインだったと、気づいてやれなかったのか。

私は、彼の母親ではないか。

彼を生んだ私が、なぜ気づいてやれないのだ。

その後悔と葛藤に苛《さいな》まれない日は、厚志が旅立ってから一日たりとてない。

厚志が死んだ理由は、いまだにはっきりとしない。

部屋の机に残されていた遺書には、たった一言、こう書かれてあった。

生きる意味がわからない、と。

厚志が、何かに思い悩んでいた形跡はなかった。亡くなる前夜も、夫も一緒にいつも通り食事をした。その時も普段と同じように笑い、何も異変を感じなかったのだ。

もし学校でいじめられていたのであれば、親としてまだ納得できるかもしれない。いじめていた子の親と裁判し、学校も訴えて勝訴すれば、気持ちにある程度区切りをつけられるだろう。あるいは、加害者の態度いかんによっては、私はその子を殺しにいく。

でも、加害者の死をもって、自分の中で気持ちを昇華できるかもしれない。

でも、どれだけ月日を経ても、謎のままだった。

あの朝、彼のサインに気づいてやっていたら。

普段から、彼ともっと会話をしていれば。

たくさんのたらればが際限なく膨らみ、厚志の死後、私は精神を病んだ。

私の両親は、ともに早世している。相談できるのは夫しかいなかったが、私は気持ちに余裕がない。夫に当たり散らし、彼はそんな私を咎《とが》めることなく受け止めてくれたが、厚志が亡くなってから一年後、私は夫に離婚を切り出した。

夫は、厚志同様にとても優しい人で、いつだって相手目線で物事を考える人だった。

今思えば彼は、自分がいると私を余計に苦しめることになるからと、離婚に応じたのだろう。

家族を失ってから、十八年の月日が過ぎた。

我が子を亡くした辛さを払拭できないまま、今度は私が病気で命を失うことになる。

人は、なぜ生きるのか？

皮肉にも、息子と同じ疑問を抱いて。

病院の正面玄関を出ると、散り落ちた桜の花びらが風に舞っていた。咲いた時はあれほど持てはやされるのに、散った桜に目を向ける人はほとんどいない。まるで人間社会のようだな、と思う。

敷地の外に出ると、待ち伏せしていたように、一匹の猫が私をじっと見ているのが目に入った。栗色の猫で、全身は痩せ細り、肋骨《ろっこつ》がくっきりと浮き出ている。

「……マロン？」

驚いて、間の抜けた声が出た。昔飼っていた猫にそっくりだったからだ。

その猫が我が家にやって来たのは、厚志が中学二年の時だった。生まれて間もない子猫で、親猫とはぐれて食べるものがなかったのか、痩せ細っていた。路上で倒れそうになっているところを厚志が保護したのだ。

家族で話し合って、その猫を飼うことに決めた。毛が栗色をしていたので、マロン、と名づけた。マロンは、助けてもらった厚志に恩義を感じているのか、厚志が辛い時にはいつもそばに寄り添うなど、何かにつけて彼と一緒にいた。

だが、厚志が亡くなったと同時に、マロンは姿をくらます。私は、「マロンは、厚志のボディガードをするためにいなくなったんだ」と、自分を納得させていたのだ。

もしあの時のマロンが生きていたら、歳はもう二十歳を越えている。猫の平均寿命を考えても、生きているわけがない。

栗色の猫は、何か言いたげに、にゅうっと目を細めた。私をどこかに連れていくように、振り返りながらよたよたと歩き始める。

やつれた姿が、今の自分と重なった。ついて行くと、猫はだだっ広い森の前で足を止める。森の中に入り始めたのを見て追うと、猫が突然、地面にぱたんと倒れてしまう。

今際《いまわ》の時を伝えるかのように、呼吸が荒くなっている。私は体に負担をかけないよう、細心の注意を払って猫を両手で抱え上げる。

みゃあ。

ぜえぜえ言いながら、猫はどこかうれしそうに小さく鳴いた。そして、最後の力を振り絞るように、私の右腕に弱々しく爪を立て、眠るように目を閉じる。

目の前に、一本の大木があった。

極太の幹に注連縄《しめなわ》が巻かれ、横に伸びた太い枝の上に、たくさんの猫がいる。私の行動を監視するように、鋭い視線で見下ろしている。

私は大木のそばに屈み、素手で穴を掘った。私も近い将来、この穴に入る側になる。気持ちがシンクロして、土をかき出す手が止まらない。取り憑《つ》かれたように掘り続け、ぽっかりと空いた穴に、亡くなった猫をそっと埋める。

「また、生まれ変わってくるんだよ」

穴に土を戻し、拾い集めてきた落ち葉を載せる。百枚、二百枚、三百枚。終わりを知らないように、うずたかく積んでいく。

隣接する神社に、人の気配を感じた。境界になっている木柵をまたぐと、境内の隅に藤の棚がある。あと二週間もすれば、花が満開になりそうだ。

藤棚のベンチに座ると、近くで竹箒を手にしている宮司らしき人物と目が合った。どことなく見覚えのある顔を眺めているうちに、次第に驚きと喜びをごちゃ混ぜにしたような感情が込み上げてくる。

十八年前に別れた、夫の康一だった。

「……何してるのあなた、こんなところで?」

目を丸くする私を見て、灰色の作務衣を着たその男性は、状況を呑み込めないのかポカーンとしている。

見誤りかな、と一瞬自分を疑ったが、間違いない。昔と打って変わって坊主頭になっているが、この温和な顔つきは間違いなく康一だ。

「緑《みどり》よ。まさか、二十年近く連れ添った妻を忘れたわけじゃないよね?」

気まずそうに目を伏せる康一に、ここに座りな、とベンチをとんとん叩く。

「大変、ご無沙汰しております」

「……なんで、そんな他人行儀なのよ？」

隣に腰を下ろす康一に、訝《いぶか》しげな目を向ける。康一は照れくさそうに目を細め、

「久しぶりだね」とフランクな口調になる。

「……で、どういうこと？」

謎が多すぎて、ざっくりとした訊き方になった。「なんで、こんな神社にいるの？」と続けると、康一は観念したように小さく嘆息し、「わけあって、この日和神社で神職をやってるんだ」とぼそっと答える。

「緑のほうこそ、こんなところで何してるんだい？」

「……たまたま、通りがかっただけよ」

私は、病気の件は言わないことにした。偶然出会っただけとはいえ、元家族だ。優しい康一の性格を考えると、伝えれば無駄な心配をさせることになる。

「にしても、区役所で公園を作ってた人が、今は神職なんてね」

康一は、江東《こうとう》区の公務員だった。子供が好きな人で、区を説得して、公園の設置や河川の緑化を推進した。当時から誰にでも親切にできる人だったから、神社に転職してもそれほど違和感はないな、と思い直す。

「……緑は、何か仕事はしているのかい？」

過去を掘り下げられるのを避けたいのか、強引に話題を変えてきた。

「少し前まで、ずっと清掃の仕事をしてたけど、この前辞めた。離婚する時、あなたが貯金を全部渡してくれたから、お金の苦労はそれほどしてこなかった。ありがとう」

「亀戸《かめいど》のマンションには、まだ暮らしているのかい？」

「あなたには申し訳ないけど、離婚したあと、マンションはすぐに売却したの。今は、同じ江東区内の、別のマンションに住んでる」

家族で暮らしていたマンションは、離婚する時には支払いをすべて終えていた。康一は貯金だけではなく、住まいも私に譲ってくれたが、そのマンションには厚志との思い出が多すぎる。精神を病んだ当時の私には、辛かったのだ。

「……そう」

康一は私を咎めることなく、安心させるように口元を緩める。

昔から、康一の隣にいると、母親が隣にいてくれるような安堵感がある。何かあれば命がけで守ってくれそうな柔らかい雰囲気に、病気のことを伝えたい衝動に駆られてしまう。

ている。
先ほど、病院で少女の隣にいた子だ。空を見上げて叫びながら、紙飛行機を飛ばし
突然、ランドセルを背負った少年が近づいてきた。
「行けぇぇぇっ！」

ている。


「お帰りなさい、拓」

「ただいまぁ」

拓、と呼ばれたその子は私に笑顔を見せ、再び紙飛行機を飛ばし始める。私がさっき病院にいたのを、覚えていないようだ。

「あなたの、子供？」

不審そうに尋ねると、康一は「……わけあって、預かっている」と言ったきり、ぷつりと黙り込む。

何かに想いを巡らせるように、康一は寂しそうな表情を浮かべている。これと同じ顔つきを、いつか見たことがある。厚志が亡くなった時だ。

境内の隅に、卓球台が置いてあるのが目に入った。厚志も卓球が好きだったのを思い出して、目がじんわりと潤む。

胸が詰まって、康一にこれ以上、何も訊けなくなった。

黄緑色を基調とした施設内に、等間隔に個室が配置されていた。病室というより、豪華なホテルの一室のようだ。部屋の中央に寝心地のよさそうなベッドが鎮座し、大きな液晶テレビや冷蔵庫、部屋の隅には艶のいい観葉植物が置いてある。

春日野病院の担当医に、都内のホスピスを紹介してもらった。緩和病棟とは違う、完全独立型のホスピスだ。皇居にほど近いオフィス街に、場違いなように居を構えている。

廊下を歩きながら、薬の匂いが一切しないことに気づく。延命も含めて、ホスピスは一切の治療を施さない、と聞いている。

「当施設は、時計を置いていないんです」

見学に付き合ってくれている職員さんが、中庭の前で立ち止まった。

「緩やかに、穏やかに、が当施設のモットーですので」

彼女の言うとおり、この建物の中だけ、流れている時間が違う。単に、時間が遅く感じられる、といった短絡的なものではなく、建物全体が何か得体の知れないものに包み込まれているようで、速度の概念自体を肌で感じない。

中庭を折れた先の部屋で、七十歳ぐらいの男性がベッドに横たわっていた。

「彼は、すい臓がんの末期で、認知症も終末期の状態なんです」

表情を失ったその男性は、天井を見つめながらただただ瞬きをしている。辛そうでもなく、かといって、幸せそうでもなく。

ベッドの向こうには、開放的な出窓がある。豊かな色をした芝生が見え、床に臥《ふ》す男性とのコントラストが、人間が恣意的に作り上げた演出のようで、押しつけがましい正義感が私には残酷に感じる。

「彼は、聞けば誰でも知っている、有名企業の社長さんだったんですよね」

人のプライバシーをべらべら喋る人だな、という嫌悪感よりも、突発的に浮かんだ大きな疑問が勝った。人生とは、いったい何なのだろうか、と。

世間的には大成功を収めたと思われる人でさえ、儚《はかな》い最期を迎えることもある。いい大学に入るため子供の頃から塾に通い、ひたすら勉強し続けてきたのに、受験前日に交通事故に遭って死んでしまう人もいるだろう。

ベッドに横たわるこの男性は今、何を想って、残された時間を過ごしているのだろう。

それは、本人に訊いてみないとわからない。認知症の方なので、答えらしい答えは返ってこないかもしれない。

でも、表情のない顔つきから、ひとつだけ断言できる。

彼は、生きる意味を見失っている。

私は自分が死ぬとわかって、自殺した厚志の気持ちが、初めて理解できた。

生きていく意味を見失った人間は、生きていけないのだ。

ホスピスを出ると、さぁっとページがめくられるように、元の世界に戻ってきた感覚を抱いた。スマホ片手に足早に走りすぎるサラリーマンを見て、時間が存在している現実を自覚させられる。

本来であれば今日、壊れたテレビを買い換える予定だった。しかし冷静に考えると、新しくテレビを購入したところで、あとどれぐらい観られるかわからない。もったいない気がして、買うのに躊躇《ちゅうちょ》を覚える。

遅めの昼食を摂ろうと、目の前の回転寿司に入った。

だがここでも悲しいかな、高い値段の皿が取れない。お金を残していても、仕方がない。それはわかっているのに、倹約してきた過去の生活習慣が、四百円以上の皿に手を伸ばすのを止めてくる。

値段相応の味がするサーモンを頬張りながら、ふと思う。

死ぬまでに、あと何回、食事ができるのか、と。

私は、あと何回、天下一品《てんかいっぴん》のラーメンを食べられるのだろう。

食事にかぎった話ではない。

あと何回、二度寝ができるのだろう。

あと何回、ひとり旅ができるのだろう。

あと何回、サウナから出た直後の水風呂の気持ちよさを味わえるのだろう。

ただ、それらのことが不幸せな反面、もうすぐ死ぬのであれば、苦痛を感じる出来事も、もう経験しないで済む。

もう、シミや抜け毛に悩まされなくていい。

もう、本当は純喫茶が好きなのに、見栄張《みえは》ってスタバに行かなくていい。

もう、ダイエットのために晩ご飯を抜いたのに空腹で眠れず、寝る直前にドカ食いして余計に太ってしまう自己嫌悪に襲われなくていい。

なにより、
厚志のことを思い出して、眠れなくなる日々を過ごさなくて済む。

でも、疑問に思う。

不幸を感じなくて済む一方で、幸福をもう享受できなくなる。

それは果たして、いい人生と言えるのだろうか？

「わかったよ。きちんと金払うから、それでいいだろっ！」

カウンターの隣の中年男性が、突然声を荒げた。身を低くして頭を下げる従業員に、攻撃的な目を向けている。

話に耳を傾けると、この男性は食べた寿司の皿を、従業員が見ていない隙にこっそりレーンに戻していたらしい。

「そんなに注意しなくてもいいだろ！　客だぞ、俺！」

ムチャクチャな言い分に呆気《あっけ》に取《と》られていたら、男性は私をにらみつけてきた。

「何見てんだよ？」

「……いい歳して、みっともないことはやめたらどう？」

自暴自棄になっていたこともあり、言い返すのに迷いはなかった。

「余計なお世話なんだよ、ババア。死ねよ」

死ねよ――。

敏感になっているその言葉に、私の中で何かが弾ける。

「もうすぐ死ぬわよ、あんたに言われなくても。私、末期がんだから」

誰も予期しなかったであろう発言に、店内が水を打ったように静まり返る。言われた男性も、リアクションに困ったのか、気まずそうに目をそらす。

好奇心で見入っていた周囲の人も、同様だった。触らぬ神に祟《たた》りなし。そう告げるかのように、私から視線を外していく。

この世界に生きるのが、なんだか嫌になってきた。私は、一皿だけ贅沢《ぜいたく》しようと頼んだ大粒イクラの到着を待たず、伝票を手に席を立った。


四月とは思えない肌寒い夜風が、隅田川を越えて吹きつけてきた。今日は、色々とありすぎて疲れた。スカイツリーを背に、たまたま目に入ったスーパー銭湯を訪れる。

女風呂の暖簾をくぐると、急に立ちくらみに襲われた。どこかで休もうと視線を巡らせたが、目に映る脱衣所のソファには、制服を着た女子高生がだらしなく寝転んでいる。

「大丈夫ですかっ？」

壁に手を当てて息を切らす私に、小柄な女性が駆け寄ってきた。脱衣の途中だったのか、上半身は肌着一枚になっている。

彼女は、顔をきりっとさせた。「少し、よろしいでしょうか？」と、女子高生が寝転ぶソファに近づく。

「これは、三人がけのソファです。ひとりで使用するのはよくないと思います。起きてもらえないでしょうか？」

注意された女子高生が、気だるそうに起き上がる。納得がいっていないのか、嫌みったらしく嘆息し、スマホ片手にトイレに足を向ける。

「上平さーん！　どうしたんですかぁ？」

女子高生と入れ替わるように、三つ編みの女性がトイレから出てきた。

「先に中に入っててくれる、梨奈さん？」

上平、と呼ばれた彼女はそう告げて、私をソファに座らせてくれた。従業員を呼んで、事情を説明してくれる。

「色々と、ありがとうございます」

お礼を述べると、彼女は口元に笑みを浮かべる。「お大事に、なさってください」と一礼し、服を脱いで風呂場に入っていく。

病院から処方された薬を呑むと、体調が戻ってきた。服を脱いで風呂場の扉を引くと、先ほどの上平さんが広々とした浴槽に身を浸している。

「先ほどは、ありがとうございました」

かけ湯をして湯船に足を浸けると、「とんでもないです」と彼女は顔の前で手を振る。

「お体は、大丈夫ですか？」

「おかげさまで、落ち着きました」

「よかったです」

彼女は、笑うととても愛らしい。だが、伸びをした際にちらりと見えた胸元に、ドキリとした。彼女には、左胸がないのだ。

「買おうと思った服だけ、Mサイズがない～」

突然、壁の向こうから妙な叫び声が聞こえてきた。隣で不審そうにする私に、「気にしないでください。悪い人じゃないんで」と上平さん。訊くと、男風呂で叫んでいる彼は上平さんの婚約者らしい。

「……実は、今年の一月に、乳がんの手術をしたんですよね」

声のトーンを落として、彼女は語り始めた。乳がんは初期で、術後も良好だという。

「がんになった当初は不安ばかりだったんですが、病気になって、得られたものもあります。婚約者の彼との絆《きずな》も、がんになったことで一層深まりましたし」

達観したように告げて、彼女は組んでいた腕をほどいた。胸の傷を一切隠そうとしない態度に、本心からそう言っているのが伝わってくる。

「……実は、私も、がんなんです」

上平さんにつられるように、口から言葉がこぼれ落ちた。末期の大腸がんだと続けると、彼女は驚いたように眉をぴくりとさせたが、すぐに真摯な顔つきになる。

「手術してわずかな延命をするか、ホスピスに入るか、迷っているんですよね」

「……」

「余命を宣告されてから、何かにつけて考え込んでしまいます。あと、性格も歪んでしまったような気がして、自分を好きになれないんです。今日も、お寿司屋さんでケンカしてしまったし」

「……わかります。私も、そうでしたから」

でも――。上平さんは短くそう言って、続ける。

「性格が悪くなった自分を嫌だと思える時点で、きっとあなたは素敵な人で、誰かに優しくしてあげたいと思える、素晴らしい人です。……ちなみにこの言葉は、ある方が以前、私に言ってくださったんです。私はこの言葉に、随分救われたんですよね」

「……」

「私も以前は人間嫌いだったんですが、今となっては、確信を持って言えます。世の中、嫌な人はたくさんいますが、明らかにいい人のほうが多いですよ。だからみんな生きていけるんだなぁと、最近つくづく思うんです。私には、あなたの話を聞くことしかできません。ですが、一時間でも二時間でも、話を聞かせていただきます。私はこの時間帯に、毎日のようにこの銭湯にいます。見かけたら、いつでも声をかけてください。辛いことを全部、私に吐き出してください」

熱のこもった口調に、彼女の覚悟と優しさが伝わってくる。心強い味方ができたようで、胸が軽くなっていく。

「上平さーん！　サウナ行きませんかぁ？」

先ほどの三つ編みの女性が、隣のジェットバスから身を乗り出してきた。

「今日は疲れたから、サウナはやめとく」

「そんなこと言わないでくださいよぉ。汗かかないと、そのお腹のお肉取れないですよぉ」

「あなた、本当にいつも一言多いよね。アメリカだったらとっくに裁判なってるよ」

二人の軽快なやり取りに、思わず頬が緩む。

私は、湯船のお湯を両手ですくった。顔をバシャバシャと洗いながら、人の縁というのは大切だなと、心から思った。

スーパー銭湯に行った日から、三日後のことだった。

「あっ！」

康一と話がしたくて日和神社に向かっていたら、神社近くの歩道で指を差された。少し先で、ランドセルを背負った少年が私をまじまじと見ている。確か、拓ちゃん、といったか。

「こんにちは。先生の、元奥さん！」

康一から聞いたのか、私の素性を知っているようだ。

「こんにちは、拓ちゃん。こんなところで、何をしてるの？」

「お腹に赤ん坊がいるんだよ、この子」

公園に面した草むらに、お腹がぷっくりとした猫が寝そべっている。先日森に埋めたあの子と同じ、栗色の毛をした猫だ。

「拓ちゃんは、猫が好きなの？」

「好き。日和神社に居着く猫にご飯をあげるのは、先生じゃなく、ボクの役目なんだ」

「彼のことを、先生、って呼んでるのね」

「うん。ボクは、先生の養子ってやつなの。血はつながってないんだよね」

拓ちゃんは、あっけらかんと言ってのけた。詳しく訊きたいところだが、子供にそんな話をさせるわけにはいかない。

「先生は、どんな人？」

私は、話の矛先を変えた。

「優しい人。ボクが悪いことをしたら、たまにお尻をぶってくるけどね」

「そう」

「でも、弱いところもあって、寝ている時によく、うなされてる」

「……」

「昔から、そうなんだ。何かに悩んでいるのかなぁ、と心配なんだよね」

「…………」

「おばちゃんは、先生のこと、まだ好き？」

頭を整理できないうちに、とんでもない質問をされた。意外と大人びているな、この子。

康一と出会ったのは、私が二十三歳の時だ。当時、母方の祖母の足が悪く、孫の私は病院に付き添っていた。

その日、いつものように最寄り駅から快速電車に乗ったが、車内は優先座席も含めて全部座られている。休日で混雑していて席は空きそうになく、降車駅までは一時間以上かかる。杖を突き、辛そうにつり革を握る祖母を見かねていたら、人混みをかき分けて、スーツを着た若い男性が現れた。

「よろしければ、こちらのほうに」

言われるがままについて行くと、自分が座っていたであろう座席に、ビジネスバッグを置いている。促されて祖母が腰を下ろすと、「私はもう、この駅で降りますので」と、彼は停車した駅で扉から出ていく。

驚いたのは、そのあとだった。目的の駅に着いて電車を降りると、先ほど席を譲ってくれた男性が奥の車両から出てくるのが見えた。彼はまだ、この電車に乗っていたのだ。

駅の階段を下っていく彼の姿を遠目に見ながら、やがて彼が取った行動の意味に気づく。席を譲ったあとに近くにいると、譲ってもらった側は相手を長時間立たせていることに罪悪感を抱く。彼は高齢の祖母に、席を譲ってもらったことに気を遣わせてはいけないと、一度わざと降りてみせたのだろう。彼は一度降り、私たちに見つからないよう離れた車両に再び乗ったのだ。

私同様、その意味に気づいたのか、隣を歩く祖母の頬に涙が伝っていた。少し前に、祖父が亡くなっている。祖父もとびきり優しい人だったので、亡き夫の姿と彼を重ね合わせているのかもしれない。

その日から、二週間後のことだった。

いつものように祖母の付き添いで電車に乗っていると、先日席を譲ってくれた彼が同じ車両にいた。祖母とともにその時の感謝を伝えると、祖母が何かお礼をしたいと言い出して、三人で食事をすることになったのだ。

康一とのなれそめは、そんな偶然の出会いだった。私がそれ以来、電車で席を譲るようになったのも、彼の影響が大きい。

「ねぇおばちゃん、先生のこと、まだ好きなの？」

再度の問いかけに、私は白々しく咳払《せきばら》いをする。

「……うーん。まぁ、嫌いじゃないかな」

言葉を濁すと、拓ちゃんは、うふふと愛嬌たっぷりに笑った。

辺り一面に、藤のつーんとした香りが漂っていた。前回目にした時よりも、開いているつぼみの数が多い。現在、六分咲き、といったところだろう。

藤棚のベンチに座る私に気づいた康一が、おぼんを手に歩み寄ってきた。「よかったら、これ」と手渡された陶器のコップから、甘い酒粕《さけかす》の匂いが鼻に届く。

「……おいしい。この甘酒、あなたの手作り？」

コップを掲げると、康一は目を細めてこくりとうなずく。

相手への距離感を映し出すように、長い沈黙ができた。私は甘酒を飲み干し、気になっている疑問をぶつけることに。

「ところで、さっき神社の外で、拓ちゃんと会ったよ」

「学校の、帰りだね」

「拓ちゃんは、養子なんだね」

「……」

「よかったら聞かせてくれないかな、拓ちゃんのこと。あなたは昔から、ひとりで何でも抱え込んでしまうところがある。私でよければ、いくらでも話聞くからさ」

「………」

「いいから、話して。何でも、ひとりで抱え込まないのっ」

私は、語気を強める。

しばらくして、康一はあきらめたように重い息をついた。

「……この神社の隣に、大木があるのを、知っているかい？」

私は、大きくあごを引く。私はその木のそばに、猫を埋めたのだ。

「拓は生まれて間もない頃に、そのご神木のそばに、捨てられていたんだ」

「……ご両親は？」

「父親のほうは、わからない。でも、母親は――」

康一はそこで言葉を止めてから、重々しい口調で告げた。

「ご神木の枝に紐《ひも》をくくりつけて、命を絶っていた」

「……」

「拓を真っ白なおくるみに包み、そばに、彼の生年月日と名前を記した紙を置いて。泣き続ける拓を、僕が保護したんだ」

「………でも、どうして彼を養子に？」

絞り出すような声で尋ねると、康一は言う。

「亡くなった母親が、どうして自ら命を絶ったかは、わからない。でも、もし我が子を粗末に考えているなら、拓も一緒に死なせたはず。僕はそのことに、彼女のとてつもない逡巡《しゅんじゅん》と苦悩の跡を見る。同時に、我が子に対する母親としての愛を。僕は神道に身を捧《ささ》げる者として、その想いを軽くあつかうわけにはいかない。亡くなった彼女には、身寄りがなかった。だから、僕が拓を。拓には、母親が亡くなっているのは、まだ伝えていない。彼がこの先成長し、受け止められる時期がきたら、いずれ包み隠さず話そうと思ってる」

「………………」

雨の滴が、ぽたぽたと落ちてきた。次第に勢いを増し、藤棚全体に降り注いでくる。

「ところで、今度は、君が教えてくれないか？」

康一が、袴のポケットから取り出したハンカチを手渡してきた。

「君の、体のことを」

「……」

「この神社で長年、体を害されている方を大勢見てきた。何か病を抱えている人は、見ればすぐにわかるんだよ」

相変わらず、感性の鋭い人だ。今度は、私が観念する番だった。

「……末期の、大腸がん」

「えっ」

「余命は、持って半年らしい。手術をすれば、ほんの少し延命はできるみたいだけど、わずかに寿命が延びたところで何の意味があるんだろうと思ってる。だからホスピスに入るか、あるいは、いっそのこと――」

「…………」

康一は、顔を青くして言葉を失っている。

「……死ぬ意味はたくさん見つかるのに、生きる意味を見つけるのは、すごく難しいね」

力なく微笑むと、雨が痛いほどに叩きつけてくる。

甘酒で温もったはずの体が、急速に冷えていった。

春日野病院に話を聞きにいったあと、康一を訪ねて日和神社に向かった。

がんの告知から十日以上経過しても、私はどうするべきか決めあぐねている。手術をしようが、ホスピスに入ろうが、肉体的な辛さがあるのは間違いない。ならいっそのこと、自ら命を絶ったほうが、苦しむ時間が短く済む分だけ幸福なのではないか。最近は、その想いが強くなっている。

茜色の夕空が、浅草一帯に拡がり始めた。建ち並ぶ民家に面した歩道を、前に拓ちゃんと一緒にいた妊娠中の猫がとぼとぼと歩いている。心配でついて行くと、日和神社の隣の森に、拓ちゃんがいるのが遠目に見えた。

「拓ちゃん、何してるの？」

猫に先導されて、森に足を踏み入れる。前夜まで降り続いた雨の影響で、どこも地面はぬかるんでいる。

「この木のてっぺんに、紙飛行機が引っかかってるんだよ」

拓ちゃんは、高くそびえる大木を見上げていた。彼のそばには、先日私が猫を埋めるために掘った穴がある。穴の上には、私が積んだ落ち葉があの日のまま雨でしっとりと濡れている。

「……三日前に、お友達の初音ちゃんが、病気で死んだんだ」

拓ちゃんの顔が、悲しげに曇る。

以前、病院で紙飛行機を飛ばしていた、あの女の子か。一度見かけただけだが、幼い少女が亡くなったと知らされて、我がことのように胸が締めつけられる。

詳しく訊くと、初音ちゃんは亡くなる前日、春日野病院の屋上から紙飛行機を飛ばしたらしい。彼女は以前から自分の死期を悟っていて、自分の願望を紙飛行機に書き記し、大空に飛ばしていたそうだ。

「ボクは、初音ちゃんが最後に何を願ったのか、知りたいんだ。怖いけど、今からこの木に登ろうと思う」

私は、返答に窮した。

登るといっても、二十メートルを優に超す大木だ。危険極まりないし、何かで揺って落とすとしても、てっぺんに届く棒などないだろう。警察にお願いしたいところだが、警察がこんなことぐらいで動いてくれるとは思えない。

「どうしましたか？」

考えあぐねていたら、境内から康一がつかつかと現れた。私がいることに驚いた顔をする。

「先生、この木のてっぺんに紙飛行機が引っかかってるんだよ。登ってもいい？」

拓ちゃんは康一に、事情を説明する。だが康一は、「ダメです」と眉をひそめる。

「登るどころか、指一本触れてはならないしきたりです。このご神木は、この地に三百年以上も前から存在している、と言われています。いかなる事情があるにせよ、触れるのは許されません」

「引っかかってる紙飛行機は、亡くなった初音ちゃんが飛ばしたものなんだよ！」

「初音ちゃんの……」

顔つきから察するに、康一も初音ちゃんと面識があるようだ。拓ちゃんは、続ける。

「先生、いつも言ってるじゃん。神様よりも、人間のほうが偉大だって。すべての答えは、人間が教えてくれるって。人間の想いよりも、なんで神様のルールが優先されるんだよ！」

「……………なりません」

「なんで？　先生は、ルールを取るの？　人間の想いを取るの？　どっち？」

拓ちゃんは、康一の目の前まで来て吠える。

「私からも、お願いする。拓ちゃんを、この木に登らせてあげてくれないかな？」

私は、頭を下げた。拓ちゃんも、子供とは思えない神妙な顔をして、康一に深く頭《こうべ》を垂れる。

「……木から落ちたら、ケガどころでは済まないんですよ？」

諭すように告げる康一に、「かまわない！　死んでもいい！」と拓ちゃんは顔を紅潮させる。

康一は黙りこくっていたが、やがて、諦観したように長い息を吐いた。大木の前まで移動し、深く一礼したあと、静かに振り返る。

「……木を、傷つけてはなりませんよ」

意を決するように、拓ちゃんは力強くうなずいた。ジャンプして枝に手をかけ、大木を器用に登り始めた。

薄暗くなり始めた空に向かって、大木が魔物のような枝を差し伸べていた。通り過ぎる強い風が、梢《こずえ》に冠のようについた葉をざわざわと揺らしている。

大木を三分の一ほど登ったところで、拓ちゃんの足が止まった。

「拓。あなたの背丈では、そこは登れません。私が向かいますので、待っていなさい」

いつのまにか運動靴に履き替えた康一が、木に登り始めた。還暦を過ぎているとは思えない、軽やかな身のこなしだ。

「私も、手伝うわ」

私は、羽織っているニットのカーディガンを投げ捨てた。気持ちを高めようとシャツの袖をまくったが、「危ないから、君はそこにいなさい」と、太い樹枝に立つ康一が制してきた。

康一は、目がキッとなっている。私は近い将来、病気で死ぬ人間だ。余命いくばくもない人のケガを、本気で心配してくれているのにどこかおかしみを感じる。

拓ちゃんのいるところまでたどり着いた康一が、枝の上で四《よ》つん這《ば》いになった。拓ちゃんは康一の背中に立ち、上部の枝に手をかけて登っていく。

体を張った二人の奮闘を見て、うずうずしてきた。なにより、友人の想いを受け取ろうとしている少年のがんばりを、手伝わないわけにはいかない。病身といえども、こう見えて中学高校とソフトボールをやっていた肉体派だ。私は、ゆっくりと木に登り始める。

落下しないよう、太い幹に手をあてがいながら、慎重に登っていく。康一はそんな私を見下ろし、やれやれ、というような表情を浮かべている。

周囲の枝に、たくさんの猫が乗っていた。近づいてくる私に、「お疲れ様です」と声をかけるかのように、みゃあみゃあ鳴いている。

「……猫というのは、義理堅い生き物でね」

真下の枝にやって来た私に、康一が語りかけてきた。

「僕も、幾度となく助けられたから」

額の汗を手で拭い、康一は遠い目をする。

息が切れ始めた私に、康一が上から手を差し伸べてくれた。彼の汗ばんだ手を摑みながら、昔も同じようなことがあったなと、古い記憶が浮かび上がってくる。

亡くなった厚志が小学生の時、和歌山《わかやま》の森林公園に旅行に出かけた。傾斜のきつい階段で、私の手を康一と厚志が引いてくれたのだ。

その日、厚志はいつになく、はしゃいでいた。持参した水鉄砲で撃ってきたり、康一にいたずらでカンチョーをしたりした。痛みに悶絶《もんぜつ》する康一を見て、私は笑い転げたのだ。

その森林公園には、長い藤棚があった。その時目にした藤の美しさを、今でも時折思い出す。上の枝に登り始めた康一をよそに、私はしばし郷愁に浸る。

みゃあ。

梢に立つ栗色の猫が、突然鳴いた。頭を撫でようと近づくと、太い幹の裏側に、真っ白なお札が貼られているのが目に入った。注意深く見ると、「輪《りん》」と「廻《ね》」と記されたお札に、しめ縄が巻かれている。なんだろう、このお札。

「あった！　あったよ、紙飛行機っ！」

康一がいる枝に並んで立つと、拓ちゃんの声が聞こえた。見上げた先で、拓ちゃんが真っ白な紙飛行機を掲げている。

「拓、ゆっくりと下りてきなさいっ。足元を気にしながら、一歩ずつ！」

康一が下から指示を出すと、拓ちゃんが真下の枝に右足を乗せた。慎重に左足も下ろし、同じ要領で、一段ずつ下ってくる。

あと少しで、私と康一の枝にやって来ようかという時だった。

神社から吹きつけてきた強風に、拓ちゃんがバランスを崩した。近くの幹に腕を巻きつけようとしたが、届かない。枝から落ちてくる彼を康一がキャッチしようと飛び込んだが間に合わず、拓ちゃんは背中から落下していく。

「た、拓ちゃんっ！」

私が大声を上げたその瞬間、枝にしがみついている康一も叫んだ。

厚志、と。

私の脳裏を、厚志との様々な思い出が駆け巡る。私は、思った。康一は、ビルの屋上から飛び降りた厚志と今の拓ちゃんを重ね合わせている、と。

その時、下にいる何かが、枝の上から飛んだ。

猫だった。

一匹の猫が、拓ちゃんに向かって体当たりをしたのだ。

それを合図にするかのように、枝の上にいた猫が、次から次に、落下してくる拓ちゃんに体をぶつけていく。

何が起きているのか理解できない私をよそに、拓ちゃんは地面に叩きつけられた。

私は、康一と一緒に病院にいた。

拓ちゃんが地面に叩きつけられたあと、木を下りてすぐに救急車を呼んだ。頭から血を流す拓ちゃんは担架に乗せられ、春日野病院に運び込まれた。

診断の結果は、頭蓋骨の骨折。現在、手術室で緊急のオペが行われている。

「……私があの時、拓ちゃんを止めていたら」

手術室外の椅子に座り、頭をかきむしる。

「私が強く反対していたら、こんなことにはならなかったのに」

「君のせいじゃない」

隣に座る康一が否定してくれたが、次から次に後悔が募ってくる。

「……こんな時に、何もできないのが歯がゆいね」

私は、力のない目を向けた。すると康一は、「いや」と首を横に振る。

「僕らにできることは、まだある」

「……」

「それは、祈ること」

立ち上がってからその所作に移るまで、二秒とかからなかっただろう。

康一は病院の廊下で、躊躇なく足を畳んだ。手術室に向かって、合掌をしたのだ。

硬い床に正座した康一は、微動だにしない。目を閉じ、ただひたすら手を合わせている。

静かだった。

恐怖すら感じるほど、静かだった。

孤独というものを、具現化したような静けさ。

一度、心が死んだ者が宿す静けさ。

いや、

おそらく、この人の心は、今でも死んでいる。

私は、思った。

この人は、今までどれだけの祈りを捧げてきたのだろう、と。

失ったひとり息子の冥福を願うために。

あるいは、何かに生まれ変わって再び生を宿すことを願って。

久方ぶりに間近で見る元夫の横顔は、以前よりもはるかにほっそりとしている。目の下にくっきりとできた隈が、まるでそこにあるのが当たり前であるかのように顔に馴染んでいる。

この人はきっと、私の何百倍も苦しんでいる。厚志が亡くなって以降、数え切れないほどの眠れない夜を過ごしてきている。

けれども、

この静けさには、相反するもうひとつの心が同居している。

強さ。

気丈さを感じるほど、毅然《きぜん》と伸びた背筋。

背中が放つ、何かの決意を宣言するような、凄《すさ》まじい意志。

五時間だろうと、十時間だろうと、足を崩す気など毛頭ない。愛する者のためなら、足が腐るまで、このまま祈り続ける。

長期間、狂った精神世界に身を浸した者がたどり着いた、答え。

強さとは、優しさのこと。

何かに到達したかのようなこの祈りは、そう語りかけてくる。

みゃあ。

鳴き声のしたほうに視線を移すと、廊下の窓の向こうで、一匹の猫がこちらを見ている。私は、目を見張った。その猫の後ろに、おびただしい数の猫がいたからだ。

病棟の壁や病室の庇《ひさし》、駐輪場の屋根や受水槽の上、あらゆる場所に猫がいて、手術室に視線を向けている。

拓ちゃんを死なせたら、許さないからな。

どの猫も、鋭い目をしてそう言わんばかりに。

何かに衝《つ》き動《うご》かされるように、私は席を立った。

瞼を閉ざし、康一の隣で静かに膝を折った。


廊下の壁にかけられた時計の針が、夜の九時を示した。

その時、手術室の表示灯の明かりが消えた。スライド式の扉から、手術衣を着た熟年の医師が出てくる。

「……手術は、成功しました」

顔を強張らせて駆け寄る私に、その医者は告げた。

「よかった。……ハァ」

ほっと胸を撫で下ろすと、医者は「今後のリハビリ次第ですが、おそらく、後遺症もないものと思われます」と微かな笑みを浮かべる。

いまだ正座を続ける康一の肩が、小刻みに震え始めた。深く閉じた目から、一筋の涙がこぼれ落ちた。

薄暗い待合ロビーに、静寂が広がっていた。ロビーチェアに腰を預け、そばに飾られた観葉植物をぼうっと眺める。

「拓は、まだ眠っているようだ。お医者様は、朝までには目を覚ますだろう、って」

足音を響かせながら、康一が病室から戻ってきた。

「そう。よかった」

「隣、いいかい？」

「もちろん。大変な、一日だったね」

「緑は、大丈夫かい？」

「大丈夫。息は切れやすいけど、体はまだ動かせるから」

「そう。これ、よかったら」

康一が、ペットボトルを差し出してきた。

「なんで、つぶつぶオレンジなのよ。自販機、他にもっとあったでしょ？」

「相変わらず、コーヒーは苦手でね」

コーヒーはおろか、康一はお酒も一滴も呑めない。昔と変わらない子供っぽさに触れて、ふふと思わず笑みが漏れる。

喉を潤しながら、先ほど、去り際に医者に言われた話がずっと引っかかっていた。

「にしても、大木から落ちてこの程度で済むなんて、奇跡ですよ。前日までの雨で、地面が柔らかくなっていたのが幸いしたとしても、信じられません」

そう説明された時、それだけじゃないと、私は心の中で否定した。拓ちゃんが落下した先は、私が以前、亡くなった猫を埋めた場所だった。拓ちゃんが木から落ちてきた際、枝の上にいた大勢の猫が彼に体当たりをした。まるで、その場所に導くかのように。拓ちゃんが助かったのは、うずたかく積まれた落ち葉がクッションになったからではないか。

「……少し前、あの大木のそばに、亡くなった猫を埋めたんだけど」

私は康一に、ことの経緯を説明する。

「その亡くなった猫は、私たちが昔飼ってた、マロンにそっくりだったんだよね」

「……そうか。マロンは、旅立ったんだね」

「えっ」

「マロンは日和神社のボス猫みたいな存在で、歳はもう二十歳を越えていた。少し前に、僕のところに別れの挨拶に来てくれてね。猫は、人に死に際を見せない、って言うだろ。……そうか。無事に旅立ったのか、マロンは」

「あの栗色の猫は、マロンなの？」

「そうだよ。その猫は、マロンだ。僕らが昔飼っていた、あのマロンなんだ」

康一は、うれしそうに頰を緩める。

「僕と日和神社との縁をつないでくれたのも、実はマロンでね。昔、マロンが僕の手をひっかいてくれてなかったら、今の僕はない。あの子は、僕の命の恩人でもある」

「……なんで、マロンが日和神社に？」

話が呑み込めず、頓狂な声が出た。康一は、「これは、僕の推測だけど」と前置きしてから続ける。

「厚志が亡くなって、マロンは出ていってしまったよね。おそらく、厚志を探すためだろう。でも結局見つけられず、家に戻ろうとしたけど、家にはもう君も僕もいなかった。それ以来、マロンはずっと、僕らを探していたんじゃないだろうか」

「……」

「すごく義理堅い猫だから、昔助けてもらったお礼に、僕らに恩を返そうとしていたんじゃないかと思う。最初に日和神社で僕を見つけ、亡くなる直前に縁を発見した。拓を救ったのも、マロンかもしれない。お礼を言わなければならないのは、マロンではなく、僕らのほうだ」

ロビーの静けさが、体にじんと染み込んでくるようだった。

隣に座る康一は、何かを思い起こすように、前屈みになってじっと一点を見つめている。

静寂と沈黙に身を浸しているうちに、記憶のページが無意識にめくられていった。

台所のテーブルで、家族で土鍋を囲んでいる。

私が、康一の空いたグラスに烏龍茶《ウーロンチャ》を注ぐ。

康一が、厚志に網で豆腐をすくってあげている。

子供を大きくさせたくて、鍋に入った肉類は、厚志のお椀《わん》に全部入れる。でも、厚志は言う。

「遠慮しないで、お母さんもお父さんも、お肉食べてよ。ほら。ほらっ」

私と康一のお椀に、厚志が一枚ずつ牛肉を入れてくれた。「お父さんは、もうお腹いっぱいだから」と嘘をつく康一。

匂いにつられて、マロンがテーブルに乗ってきた。康一のお椀をくんくんと嗅ぎ、牛肉をおいしそうに頬張り始める。結局、マロンが食べるのかよ。康一のその言葉に、私も厚志もくすくすと笑う。

私は、思い出す。その日、私は今、最高の時間を過ごしているなぁと、全身に浸透していくような幸福感に満たされたことを。

脳裏に浮かび上がる記憶は、劇的なものではなく、日常の何気ない情景ばかりだった。

そして、その景色に映る厚志は、どれも笑っている。

「あのう、少しよろしいでしょうか」

突然の声が、郷愁を遮った。現れた若い看護師が、横から私の顔を覗き込んでいる。

「これを、お渡ししようと思って」

彼女は、真っ白な紙飛行機を差し出してきた。

「拓くんが、ずっと握っていたんです。担架で運ばれている時も、彼はこの紙飛行機を離しませんでした」

私は、紙飛行機を受け取った。康一と二人だけになったロビーで、しわくちゃになった紙飛行機をゆっくりと開いていく。亡くなった初音ちゃんが、最後の願いを込めて飛ばした紙飛行機を。

雨で濡れて、文字は滲んでいた。

でも、きちんと読み取れる。

白い紙に鉛筆で、こう書かれてある。

『お父さんとお母さんが、

わたしが死んだあとも、

幸せに暮らしていけますように』と。

この紙飛行機からは、多くの感情が読み取れる。

白い紙を選んだのには本気を、子供とは思えない丁寧な字には意志を、そして、言葉の隅々から優しさを。

私はてっきり、彼女が自分のための願いを書いていると思っていた。一日でも長く生きられますようにとか、今度は健康な体で生まれてきますように、と。

でも、違っていた。

九歳の子供が最後に望んだのは、愛する家族の幸せだったのだ。

隣から目を向けていた康一が、ふぅと息を吐き出した。

「君と、離婚したあと――」

呟くように言って、彼は自分の過去を語り始める。

「僕は仕事を辞めて、全国を放浪していた。生きる意味を見失い、日和神社に流れ着いた。森の大木で首を吊《つ》ろうとしたんだけど、マロンに手をひっかかれ、その後、日和神社の宮司に助けられたんだ」

「……」

「宮司は、僕の手に絆創膏を貼ってくれた。その日、彼は朝まで話を聞いてくれて、僕は死ぬのを思いとどまったんだ。その宮司は、神社に訪れる人の悩みに、毎日のように耳を傾けていた。僕はその後、神職の資格を取り、宮司が亡くなったのを機に、日和神社の宮司を引き継いだ。先代の遺志を継ぐため、日和神社を訪れる人の話を聞くようになったんだ」

康一の話を、私は我がことのように聞いていた。康一と離婚したあと、私も彼同様に空虚な人生を送っていたから。

康一は、言う。

「僕の心を癒やしてくれたのは、神道ではなかった。僕を救ってくれたのは、神様ではない。人間だ。日和神社で色々な人の話を聞いている中で、僕はある時気づいたんだ。僕がこの人たちを救っているんじゃなく、この人たちが僕を救ってくれているんだ、って。心の傷口に絆創膏を貼ってくれたのは、神様ではなく、いつだって人間だったんだ」

話に耳を傾けながら、私は初音ちゃんが紙飛行機に残した言葉を思い出す。

「初音ちゃんがそうだったように、亡くなった厚志もきっと、私たちの不幸なんて望んでいないと思う」

口を挟むと、康一は鋭い眼光のまま小さくあごを引く。

「生きていくのは、辛いことのほうが多い。どんな人にも、生きる意味がわからなくなる時は、必ずある」

この人は、厚志のことを言っているんだな、と思った。康一は、続ける。

「けれども、すべての答えを教えてくれるのは人間だという確信が、僕にはある。人は、なぜ生きるのか。そう質問されたら、僕はこう答える。次の出会いのためだ、と。幸福というのは、胸が熱くなることだと、僕は思う。そして胸を熱くしてくれるのは、いつだって自分のことを大切に想ってくれる人との出会いだ。だから、人は生きるべきなんだよ、と」

「……」

「もし、あの世で、厚志と再会できたら――」

康一はそこで言葉を切り、口元にふっと笑みを浮かべて言った。

「謝るのではなく、怒るのでもなく、僕はまずそのことを、彼に伝えてあげたいと思う」

ひとりで少し考えごとをしたくて、春日野病院を出た。色とりどりの電飾板が、夜の浅草を包み込んでいる。あと二時間もすれば日付が変わるというのに、街全体が活気にあふれている。

駅前から遠ざかっていくうちに、喧噪が余韻を残して消えていく。目の先に、四人がけのベンチがあった。木の風合いを生かした、優しい雰囲気のベンチだ。

このベンチの周りだけ、空気が違う。天然木の座面に腰を下ろして、思う。歩道にベンチを設置する考え方は、すごく美しいな、と。

居場所としてのベンチがあれば、人はそこに留まる。人が溜まれば出会いが生まれ、コミュニケーションが発生する。ベンチを置いたところで、何か直接的な利益を得られるわけではない。

街を形作る国や行政、その背後にいるのは人間だ。人間が時代とともに積み重ねてきた愛情が、この一台のベンチに集約されている。そう想うと、この世界は、生きるに値する世界なんじゃないか、という気がしてくる。

ベンチで息をつく私の前を、髪の長い青年が行き過ぎた。肩に提げたボディーバッグのポケットに、「アメリカ」と印字された旅行パンフレットが入れてある。

その青年は目が不自由で、点字ブロックに杖の先を当てている。立ち止まった彼は、脇にある自販機で、飲み物を買おうとしていた。だが、どこにお金を入れたらいいかわからず、苦戦している。

手を貸すために立ち上がろうとしたら、駅前のほうから、女子高生の二人組が自転車を漕いできた。茶髪で、丈の短いスカートを履いたそのうちのひとりが、自転車を止めた。地面に片足をつけて、その青年を眺めている。

「瑞穂、何してんの？」

「ごめん。先に行ってて」

瑞穂と呼ばれたその女子高生は、友人に手を振って先に行くよう促す。

彼女たちに続くように、今度は歩きタバコをする若いカップルがやって来た。ともに腕にタトゥーをしている、柄の悪そうな二人だ。目の不自由な青年が飲み物を買えないのを見て、男性のほうが歩みを止めた。女性も立ち止まり、携帯灰皿でタバコを消して青年の様子を眺めている。

その青年は、自力で飲み物を買い終えた。彼が立ち去るのを確認して、女子高生は自転車を漕ぎ、カップルも再び歩き始める。

この三人は、目の不自由な彼の様子を見守っていた。それを証拠に、三人は彼の無事を見届けると、安堵の表情を浮かべていたのだ。

彼を手伝わなかったのは、あえてではないだろうか。

自分でやらせるために。

成功体験を積ませて、自信を持たせるために。

優しくも、どこか厳しい目をしていたその顔つきからして、私にはそんな気がしてならない。

つと、駅前が騒がしくなった。

来た道を戻ると、駅前の大型ビジョンを取り囲むように、人だかりができている。

夜のニュース番組で、久我山英二監督の最新映画『運命の人』の、制作発表会見の様子が放送されている。

主演を務める、女優の相沢ちはるが挨拶をしたあと、亜留たける、という役者が紹介された。彼は、自分を抜擢《ばってき》してくれた映画監督と、自分を生んでくれた両親への感謝を述べたあと、撮影への意気込みを語り始める。

「運に命を注《そそ》ぎ込めば、それは運命になる。久我山監督が書かれた、脚本の中にあるセリフです。僕は、少し前に一度、役者を辞めました。ですが、運があって、この場にこうして立つことができました。僕はその運に、命を注ぎ込みたいと思っています」

彼はそこまで言ってから、真《ま》っ直《す》ぐな瞳で最後にこう述べた。

「僕は、自分の人生の役は、自分で決めます。自分に謝るような生き方だけは、絶対にしたくないんで。絶対に」

静かな語り口ながらも、秘めた情熱が全身から滲み出てくるようだった。

胸を、突き上げてくる感情があった。

――自分に謝るような生き方だけは、絶対にしたくないんで。

脳内で繰り返し再生されるその言葉に、探していたパズルの最後のピースがはまるような感覚を抱いた。

目の覚めるような桃色の花弁が、満開に咲き誇っていた。咲き匂う花房が、シャンデリアのように藤棚一面に垂れ下がっている。境内に芽生えた、新緑とのコラボレーションが美しい。

袴に着替え終えた康一が、藤棚のベンチに座る私の隣に腰を下ろした。顔を合わせるのは、拓ちゃんの事故に付き添って以来、二週間ぶりだ。

「ご苦労様。明子さん、本当に綺麗だったね」

同意を求めるように笑顔を向けると、康一も満足そうに目を細める。

先ほど、日和神社の境内で、上平明子さんが神前結婚式を挙げた。式を執り仕切ったのは、宮司の康一だ。式には、私も参列した。

「にしても、綺麗な藤ね」

周囲にあちこち視線を動かすと、康一は教えてくれる。

「この藤は、僕が宮司になった時に、苗を植えたんだ」

「そうだったんだね」

「覚えているかい、緑。厚志と三人で、和歌山に旅行したのを」

「もちろん」

「三人で観たあの藤棚の美しさが、ずっと忘れられなくてね」

しみじみと述べる康一とは対照的に、私は顔をきりりとさせる。

「あなたは、背負っている荷物を、そろそろ下ろしなさい。厚志には、私があっちの世界で謝っておくから、あなたはもう楽になりなさい」

「それは、お断りする」

康一が、表情を引き締めた。

「厚志に対する十字架は、僕が生涯背負う。君のほうこそ、背負っている荷物をもう下ろす時だ」

「お断りね。母親をなめないで」

「父親をなめるな」

「あなたのほうこそ荷物を下ろしなさいよ」

「お断りだ。ジェンダー平等といわれるこの時代に、あえて言う。これは、男の仕事だ」

素っ気ない言葉のラリーだったが、なんだか楽しくて、思わず頬が緩む。

「……ところで、あなたに、伝えておきたいことがあって」

私は、康一にすっと目を向けた。

「私、がんの手術を受けることに、決めた」

「……」

「手術を受けたところで、がんが治るわけじゃない。それに、とても辛い治療を受けることになる。あくまで、ほんの少し寿命が延びるに過ぎないけど、わずかでも長く生きられるのであれば、私はその選択をしたい。正確に言うなら、その選択を採らないことをしたくない」

「………」

「私は、自分の人生に納得がしたいの。幸福というのは、納得することだと思う。私は、人間が好き。自分を大切に想ってくれる人たちと、最後の時間を一秒でも長く一緒に過ごしたい。私は、自ら死を選んだりしない。それは、納得を放棄することになるから。私、思うのよ。人生は、幸せじゃないから辛いんじゃない。納得してないから辛いんだ、と」

雲に遮られていた光が、藤棚の隙間から差し込んできた。散り落ちた花弁が、結晶のようにきらきらと光り始める。

「だったら」

黙って聞いていた康一が、静かに口を開いた。

「僕が最後まで、君に寄り添おう」

「………」

そっと告げた彼の顔を、私はしばし見つめていた。

深い皺が刻み込まれているとはいえ、憂いのある瞳は、昔と何ひとつ変わっていない。

電車で、祖母に席を譲ってくれたあの時と。

厚志と、三人で鍋を囲んだあの時と。

彼と目を合わせたまま、涙がぽろぽろとひとりでにこぼれ落ちてきた。

「……ごめん。肩、借りていいかな」

涙が頬に拡がっていくのを感じながら、康一の右肩に頭を乗せる。

「……すまない。君を、守り切れなくて。すまない。本当に、……すまない」

康一が、私の肩に手を回した。震え始めた彼の体は、愛情を伝えてくるかのように温かい。私は、心の底からの安堵に包まれて目を閉じる。

しばらくして、砂利を踏み締める音が聞こえてきた。

「お二人さん、ラブラブだね！」

看護師に車椅子を押された拓ちゃんが、にやにやしながらこっちを眺めている。

「拓ちゃんっ」

驚いて立ち上がった私に、拓ちゃんは「おばちゃん、元気？」と笑みを向けてくる。

「リハビリ終わりに、先生にわがまま言って、外に出してもらったんだよ！」

拓ちゃんは後遺症もなく、もうすぐ退院らしい。頭に包帯をしているが、見るからに元気そうだ。

「拓。なぜ帰ってくると、私に連絡しなかったのです？」

康一が、ハンカチで目を拭きながら立ち上がる。

「神社に電話したのに、出ないんだもん、先生。それより、泣いてるの、先生？　うわぁ、先生が泣いてる！」

「静かにしなさい、拓っ」

　頬を赤らめて照れている康一が、見ていておかしい。

「ところで、おばちゃん。この前の猫が、子供を生んだよ！」

　拓ちゃんが、隣接する森を指差した。森に近寄って木柵の隙間から覗き見ると、大木の陰に栗色の猫が横たわっている。乳を吸う赤ん坊たちは、皆一様に目を瞑《つぶ》っている。母親が隣にいることに、安心しきっているような表情を浮かべて。

「拓が退院したら、三人で、鍋でも囲もう」

　いつのまにか隣にいた康一が、優しく微笑みかけてくる。

　風が、藤の甘い香りをつれてきた。空気を吸い込むと、体がすうっと洗われるような気がする。

　残り少ない人生を、私は生きることにした。

　日々は過ぎ、人々は祈り、季節は移ろう。記憶の色彩が薄らいでいく中で、いつまでも色褪《いろあ》せないものもある。

　願わくは、すべての人たちの人生に、納得があらんことを。

ただそれだけを。

「行けぇぇぇっ！」

拓ちゃんが、大空に紙飛行機を飛ばした。舞い上がった紙飛行機が、一度下降したのち、もう一度風に吹かれていつまでも飛んでいた。

あとがき

本作の初稿を執筆している三月九日に、僕の父親・康仁《やすひと》が、八十歳で他界いたしました。

父はもともと認知症で、体調を崩して、前年の九月末から入院しておりました。ですが、新型コロナが猛威を振るう中で、面会も思うように叶いません。父はもう長くないと告知されてからも、顔を合わせることができませんでした。ただ、病院に何度も頼み込んで、三月冒頭の転院の際、最後に十分間だけの面会を許されたのです。

父は、不器用な生き方をしてきた人で、それほど尊ばれる男ではありません。けれども、家族、とりわけ我が子に対する眼差しがとびきり優しい男で、父はどんな時でも僕の味方でした。社会人になりたての頃、仕事や人間関係のことで悩むと、父に相談しました。今になって思えば、あきらかに僕の未熟さが原因だったことでも、「それは、向こうが悪い！」と、父は絶対に僕を悪く言いません。僕のほうが間違っていると判断した時でも、その中から僕の良《い》い部分を見つけ出して伝えてくれる、そんな優しい父親でした。

最後の面会のために訪れた病室で、僕は痩せ細った父と対面しました。

「父さん。俺が誰か、わかるか？」

耳元で問いかけると、父はこくりとうなずきます。認知症とはいえ、息子の僕を忘れたことは一度もなく、まだ思考能力も残っています。たった十分しか時間がない中で、僕はまず、父が今どういう病気で、どういう状況に置かれ、僕を含めた家族がどういう選択をして今に至ったのかを説明しました。父は、わかったような、わからないような顔をして小さくあごを引いていたのですが、父と別れるのが辛くて、僕は父の余命が長くないことを本人に伝えられませんでした。

残り時間が一分を切ったのを確認し、僕は鞄から自著を取り出しました。

「父さん、この小説、覚えてるか？」

前作『西由比《にしゆい》ヶ浜駅《がはまえき》の神様《かみさま》』の二話目に、父親と息子の話が登場します。父親のモデルとなったのは僕の父でして、その話は、僕と父との実話をベースにしています。本を読まれた方の多くが、その話が一番よかったと感想をくださいまして、その声を聞くたびに、自分の父親が褒められているような気がして、僕は息子としてすごく誇らしかったのです。

「この本に、父さんとの思い出話を書いたんやけど、それを読んだ人たちがすごく褒めてくれてたで。みんな、めっちゃ良かったと、言うてくれはった」

父にはもう声を出す体力は残っていなかったのですが、僕がそう伝えると、狭い病室内で、うれしそうに「あぁぁぁ！」と大きな声を上げたのです。

「父さんが育てた子が、この本を書いたんやで。父さんが懸命に育ててくれたからこそ、今の俺があるんやで」

僕がそう続けると、父はかすかに口元を緩めました。

柔らかくなった父の顔つきを眺めていると、何か重みのあるものが、腹に落ちるような感覚を抱きました。「時間です！」と、ストップウォッチ片手に現れた看護師さんをよそに、どこか満たされた気分で、ストレッチャーで運ばれる父に付き添っている自分がいました。僕は、思いました。幸福というのは、納得することなのではないか、と。

コロナ禍《か》の入院という規制の多い中でも、息子としてやれるだけの手は尽くしたつもりです。最後に父が喜ぶ姿を見て、寂しさよりも合理性に満たされた納得感のほうが強く、最愛の人との最後の対面なのに、不思議と涙が出なかったのです。

転院先に向かう救急車の中で、父は救急車の天井を見上げながら、達観したような表情を浮かべていました。今にして思えば、父は自分がもう長くないことを、心のどこかで悟っていたような気がします。
その日から六日後に、父は息を引き取りました。

葬儀を終え、僕は執筆を再開しました。皮肉にも、本作は「病気」をテーマとしたものです。この運命めいた物語を完成させることが父への最後の孝行になると同時に、著者として本作に込めた最大のメッセージは、父との最後の時間を通じて得たものです。

幸福とは、納得であり、幸福な人生とは、納得を積み重ねていくこと。
僕には、父が最後にそう教えてくれたような気がしてなりません。

二〇二二年八月　村瀬　健

＜初出＞

本書は書き下ろしです。

この物語はフィクションです。実在の人物・団体等とは一切関係ありません。

メディアワークス文庫

神様《かみさま》の絆創膏《ばんそうこう》

村瀬《むらせ》 健《たけし》

2022年11月25日　初版発行

発行者　山下直久
発行　株式会社KADOKAWA
〒102－8177　東京都千代田区富士見2－13－3
0570-002-301（ナビダイヤル）
装丁者　渡辺宏一（有限会社ニイナナニイゴオ）
印刷　株式会社暁印刷
製本　株式会社暁印刷

Printed in Japan
ISBN978-4-04-914499-4 C0193

メディアワークス文庫　https://mwbunko.com/

本書に対するご意見、ご感想をお寄せください。

あて先
〒102-8177　東京都千代田区富士見2-13-3
メディアワークス文庫編集部
「村瀬 健先生」係

西由比ヶ浜駅の神様

村瀬 健

過去は変えられないが、
未来は変えられる——。

鎌倉に春一番が吹いた日、一台の快速電車が脱線し、多くの死傷者が出てしまう。

事故から二ヶ月ほど経った頃、嘆き悲しむ遺族たちは、ある噂を耳にする。事故現場の最寄り駅である西由比ヶ浜駅に女性の幽霊がいて、彼女に頼むと、過去に戻って事故当日の電車に乗ることができるという。遺族の誰もが会いにいった。婚約者を亡くした女性が、父親を亡くした青年が、片思いの女性を亡くした少年が……。

愛する人に再会した彼らがとる行動とは——。

メディアワークス文庫

この世界からまた君がいなくなる夜に

葉月 文

別れに向けて紡ぐ、精一杯のラブストーリー。

命の寿命を色で感じ取ってしまう女子高生の藤木六華はある夜、春風歩と名乗る青年と出会う。

夜の散歩が趣味だという彼は誰もが持つはずの命の色を持たず、そんな歩の不思議な雰囲気に六華は興味を持ち惹かれていく。

だがある日、町で見かけた彼はいつもと様子が違った。六華のことを覚えておらず、青色の命を纏い自分を“翔”だと告げ——。

やがて明らかになる、歩の切なく残酷な秘密。それを知ったうえで、二人は限りある時間で奇跡のような恋をする。

メディアワークス文庫

君と過ごした透明な時間

丸井とまと

あの日、わたしは《幽霊》と恋をした——。
切なさ120%の青春恋物語。

勉強もピアノも中途半端で挫折ばかりな高校生・中村朱莉は、熱心に絵に打ち込む同級生・染谷壮吾に憧れていた。遠巻きに眺めるしかない片思いの毎日。そんなある日、染谷が階段から落ち意識不明の重体で発見される。悲しみに暮れる朱莉だが、入院中のはずの染谷によく似た人物を校内で目撃してしまう。

「……俺が視えるの？」

それは幽体離脱した染谷本人だった。失われた染谷の記憶を取り戻し事故の真相を明らかにすべく、朱莉は協力を申し出ることに。ちょっと不思議な二人の透明な一ヶ月が始まる——。

魔法のiらんど大賞2020 小説大賞〈青春小説　特別賞〉受賞！

夏の終わりを告げる切ないラストに心打たれる純愛青春ストーリー。

メディアワークス文庫

第27回電撃小説大賞《メディアワークス文庫賞》受賞作

僕といた夏を、君が忘れないように。

国仲シンジ

未来を描けない少年と、その先を夢見る少女のひと夏の恋物語。

僕の世界はニセモノだった。あの夏、どこまでも蒼い島で、君を描くまでは——。

美大受験をひかえ、沖縄の志嘉良島へと旅に出た僕。どこか感情が抜け落ちた絵しか描けない、そんな自分の殻を破るための創作旅行だった。

「私、伊是名風乃！　君は？」

月夜を見上げて歌う君と出会い、どうしようもなく好きだと気付いたとき、僕は風乃を待つ悲しい運命を知った。

どうか僕といた夏を君が忘れないように、君がくれたはじめての夏を、このキャンバスに描こう。

メディアワークス文庫

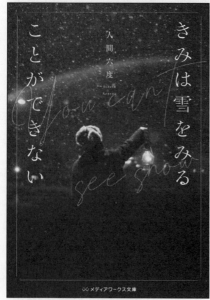

第28回電撃小説大賞《選考委員奨励賞》受賞作

夜もすがら青春噺し

夜野いと

無為だった僕の青春を取り戻す、
短くも長い不思議な夜が幕を開けた――。

「千駄ヶ谷くん。私、卒業したら東堂くんと結婚するんです」

22歳の誕生日に僕、千駄ヶ谷勝は７年間秘めていた初恋を打ち砕かれてしまった。

しかも相手は自分が引き合わせてしまった友人・東堂だという。

現実から逃れるように飲み屋で酔っ払っていると、店先で揉めている女に強引に飲み代を肩代わりさせられてしまう。

今日は厄日だと落ちこむ僕に、自称神様というその女は「オレを助けてくれた礼にお前の願いをなんでもひとつ、叶えてやろう」と彼女との関係を過去に戻ってやり直せようとするけれど――。

もどかしくもじれったい主人公・千駄ヶ谷勝をきっとあなたも応援したくなる。青春恋愛「やり直し」ストーリー、開演。

メディアワークス文庫